Vom Segen der Weihnachtszeit

Ein kle
zum g

camino.

MIX
Papier | Fördert gute Waldnutzung
FSC® C083411

1. Auflage 2025
Ein camino.-Buch aus der

Gesamtgestaltung und Satz: Finken & Bumiller, Stuttgart
Umschlagmotiv: shutterstock.com, KYLE_YOON, shutterstock.com, Jka
Hersteller gemäß ProdSG:
Druck und Bindung: CPI books GmbH, Birkstr. 10, 25917 Leck
Verlag: Verlag Katholisches Bibelwerk GmbH,
Silberburgstr. 121, 70176 Stuttgart

www.bibelwerkverlag.de
ISBN 978-3-96157-209-0

Inhalt

Ein Wort zuvor

Wäre es nicht schön, wenn Weihnachten wirklich nur aus Friede, Freude und Zuckerguss bestünde? Aber Hand aufs Herz: Wenn das Leben noch ein wenig Lachen, Weinen und eine Prise Pfeffer dazugibt, ist auch das Fest der Liebe gleich viel bunter, lebendiger und vor allem: echter! Und überhaupt: Weihnachtsstimmung – was ist das eigentlich? Wo findet sie ihren Platz zwischen damals und heute, zwischen leisen, liebgewonnenen Traditionen und grellen Werbewelten? Die Weihnachtsgeschichten in diesem kleinen Band geben darauf ungewöhnliche und oft überraschende Antworten: Es sind berührende Kindheitserinnerungen, unvergessliche Erlebnisse, die zum Nachdenken anregen und fantasievolle Geschichten mitten im echten Leben, die sich in unterschiedlicher Weise der Weihnachts- und Winterzeit annehmen.

Die Erzählungen eignen sich auch gut zum Vorlesen oder zur Gestaltung einer Weihnachtsfeier – daher ist jeweils die Zeitdauer in Minuten angegeben. Verbringen Sie mit Menschen gemeinsam einige liebevoll gestaltete Stunden mit unseren Geschichten, die alle aus der Feder schreibender Frauen stammen – ergänzt durch klassische Weihnachtsgedichte und das Weihnachtsevangelium.

Wir wünschen Ihnen eine gute, besinnliche Lektüre und eine friedliche Weihnachtszeit!

Geschichten zur Weihnachtszeit

9 Minuten

Auch Friede geht durch den Magen

MARLIES GRÖTZINGER

Eine humorvolle und stärkende Geschichte über alte und neue Weihnachtsbräuche, die Leib und Seele nähren.

Entschlossen drückte Mariele den Ausschaltknopf des Radios. Die Stimme des Moderators verstummte mitten im Satz. Ihr Kopf schmerzte von dem Bombardement der unfassbar schrecklichen Nachrichten, das die Sender zu jeder vollen Stunde verkündeten. Im Sechzig-Minuten-Takt drangen sie durch ihre Ohren tief in ihren Körper und in ihre Seele: Krieg, Mord, Elend, Leid und andere menschliche Tragödien und Katastrophen dieser aus den Fugen geratenen Welt. Mariele konnte sie einfach nicht mehr ertragen. Nicht in der Vorweihnachtszeit, die erfüllt sein sollte mit Besinnung und Vorfreude.

Innerlich aufgewühlt legte sie eine Scheibe mit beruhigender Musik in den CD-Player, setzte sich auf das Sofa und hoffte, dass sich endlich adventlicher Friede in Kopf und Herz ausbreiten würde. Sie griff nach einer Zeitschrift, die auf dem Tischchen neben dem Sofa lag, und blätterte durch die bunten Seiten. Sie zeigten Kinder mit strahlenden Augen vor einem prachtvoll geschmückten Christbaum, dahinter die Eltern im Familienglück. Mariele seufzte und blätterte weiter. Im Rezeptteil folgten Bilder von vollkommenem Weihnachtsgebäck, appetitlich auf kostbaren Tellern drapiert: Zimtsterne, Schokozungen, Nussmakronen und schwäbische Springerle. Beim Anblick des festen Gebäcks, das mit verschiedensten, leicht erhabenen Bildmotiven geschmückt war, lief Mariele das Wasser im Mund zusammen.

Sie griff nach ihrer Tasse und umfasste sie mit beiden Händen. Der Duft von Ingwer und Orangen stieg in ihre Nase. Genüsslich nahm sie einen Schluck von dem heißen Adventstee und blickte versonnen in das Licht der flackernden Kerze. Erinnerungen aus ihrer Kindheit stiegen auf. Springerle mit geröstetem Anis auf der Unterseite, dachte sie. Sie waren jedes Jahr der Mittelpunkt von Mutters Plätzchenteller gewesen. Und auch ihr ganzer Stolz – allerdings nur, wenn sie gut aufgegangen und »Füßle« bekommen hatten. Dafür mussten die Zutaten für den Teig lange gerührt werden. Vor dem Backen mussten die Plätzchen dann mindestens einen Tag und eine Nacht lang trocknen. Mit Tüchern abgedeckt standen die Backbleche dazu auf der Ofenbank. Mariele lächelte, als sie daran dachte, wie hingebungsvoll sich ihre Mutter jedes Jahr der aufwändigen Backerei gewidmet hatte. Mariele und ihren Brüdern war die viele Arbeit seinerzeit gleichgültig gewesen. Die Geschwister suchten ihre Springerle nach den Bildern auf der Oberseite aus: Ob Vogel, Schaf, Blume oder Weihnachtsbaum – alles verschwand in ihren stets esslustigen Kindermündern. Ungeduldig schlichen sie um die Ofenbank und manchmal stibitzten sie eines sogar schon vor dem Backen.

Einmal war die zuckrige Eiweißmasse nicht weich, sondern steinhart gewesen. Nichtsahnend hatte Mariele herzhaft hineingebissen. Da hörte sie ein Knacksen und spürte einen kurzen Schmerz im Mund. Sie tastete danach und hielt plötzlich einen Milchzahn in der Hand.

Heute konnte Mariele darüber schmunzeln. Und mit einem Mal bekam sie Lust, selbst Springerle zu backen, wie früher mit ihrer Mutter. Vielleicht würde ihr dann endlich weihnachtlich zumute. Ob es wohl die Holzmodel noch gibt, überlegte sie. Wo könnte die Schachtel mit diesen Formen sein? Sie erhob sich und stieg die Treppe zum Dachboden hinauf. Dort steuerte sie zielstrebig auf eine Kommode zu, die sie von ihrer Großmutter geerbt hatte. Darin bewahrte sie Erbstücke und allen möglichen »Gruscht*« auf.

In einer der Schubladen, zwischen Weißzeug und vergilbten Briefen, fand sie tatsächlich die braune Schachtel. Erwartungsfroh hob sie den Deckel und rümpfte die Nase, als modriger Geruch aufstieg. Neben rostigen Metallförmchen

* Gruscht: Ansammlung von Zeug, Gerümpel, Kram

für Ausstecherle entdeckte sie die alten Holzmodel.

Auf der Innenseite der Formen, die in den Teig hineingedrückt wurden, erkannte sie die kunstvoll geschnitzten Bildmotive, die von unten betrachtet natürlich ein Negativabdruck waren. Aber sie fand sofort ihr Lieblingsmotiv und nahm das Model vorsichtig in die Hand. Ein Lächeln breitete sich auf ihrem Gesicht aus, als sie den mit winzigen Kugeln behängten Christbaum betrachtete. Wie viele Stunden liebevoller Handarbeit mögen wohl darin stecken, dachte sie, während sie darüberstrich und feiner, bräunlicher Staub an ihren Fingern kleben blieb. Sie stutzte und als sie genauer hinsah, bemerkte sie klitzekleine, kreisrunde Durchbrüche im Holz. Oh je, da ist der Wurm drin, stellte sie erschrocken fest. Enttäuscht legte sie das Model zu den anderen Exemplaren zurück. Auch die anderen Holzformen waren gespickt mit Löchern. Die kann ich in keinen Teig mehr reindrücken, schoss es Mariele durch den Kopf.

Aber der Wunsch, die alte Tradition der Springerles-Bäckerei wieder aufleben zu lassen, ließ sie nicht mehr los. Unbedingt wollte sie die kleinen Kunstwerke selbst erschaffen!

Entschlossen eilte sie zu ihrem Computer. Tatsächlich boten im Internet mehrere Händler Model aus Holz oder sogar Kunststoff an. Dabei erfuhr Mariele, dass das Gebäck früher ein beliebtes Mitbringsel war und dass man es nicht nur in Schwaben, sondern auch in der Schweiz kannte. Die Auswahl war riesig, es gab hunderte von verschiedenen Modeln. Von Eifer getrieben scrollte Mariele durch die Seiten, ohne jedoch die Motive zu finden, die sie sich in den Kopf gesetzt hatte. Schließlich stieß sie auf die Homepage einer Handwerkerin, die anbot, jedes Wunschmotiv zu schnitzen. Ihr Preis lag nur unwesentlich höher als jener der maschinell gefertigten.

Ich kann mir also jedes Motiv wünschen, dachte Mariele. Wirklich jedes? Sie hielt inne und schloss kurz die Augen. Plötzlich wusste sie, wie ihre Springerle aussehen sollten. Ohne zu zögern bestellte sie ihre drei Wunschmotive und schon kurz darauf kam die Bestätigung per E-Mail.

Während sie auf das Päckchen wartete, studierte Mariele voller Vorfreude in Internetforen und Plattformen die Rezepte für Springerle. Zucker brauchte sie, Anis, Eier und Weizenmehl. Beim Triebmittel waren sich die Bäcker nicht einig: Manche schworen auf Hirschhornsalz, andere empfahlen Backpulver. Mariele beschaffte beides. Und als der Postbote endlich das Päckchen mit den Modeln brachte, zog sie sich in die Küche zurück und experimentierte. Sie rührte und knetete und rollte die Teige aus. Fast zärtlich strich sie mit bemehlten Fingern darüber, drückte die Model hinein und legte die Springerle auf Backbleche zum Trocknen.

Am nächsten Tag zog der betörende Duft von Anis durch die Wohnung. Als Marieles Kinder Jonas und Sophie nach der Schule ungeduldig an die Küchentüre klopften, blieb diese verschlossen. Erst Stunden später bekamen sie die Mama zu Gesicht. »Wie siehst du denn aus«, fragten sie belustigt und zeigten auf Marieles mit Mehlspuren überzogene Backschürze.

»Na, ich bin in die Mehltüte gefallen, seht ihr doch«, scherzte Mariele mit geröteten Wangen. Sophie zeigte auf den Pappkarton in den Händen ihrer Mutter und rief: »Du hast Weihnachtsbredle* gebacken, ohne uns!« Die Enttäuschung in ihrer Stimme war nicht zu überhören.

»Bekommen wir wenigstens ein Versucherle?«, fragte Jonas.

Mariele schüttelte den Kopf. Mit geheimnisvollem Lächeln sagte sie nur: »Überraschung!« und huschte an den beiden vorbei in ihr Arbeitszimmer.

Erst zwei Tage später, am 1. Advent, holte Mariele den Karton aus dem Versteck und präsentierte ihrer Familie stolz einen Teller mit selbstgebackenen Springerle. »Was, du hast dich an Springerle gewagt«, fragte ihr Mann Michael. Die ungläubige Bewunderung stand ihm ins Gesicht geschrieben. Und die Kinder riefen wie aus einem Mund: »Wie Oma früher. Hmm, lecker!«

»Ja, und Füßle haben sie auch!«, stellte Mariele glücklich fest. Ohne den Blick von den kleinen, weißlich-gelben Kunstwerken zu heben, bemerkte Michael verwundert: »Aber ... das sind ja ganz andere Motive als die üblichen.«

* Weihnachtsbredle: Weihnachtsplätzchen

Jetzt fiel auch Jonas und Sophie die ungewöhnliche Auswahl auf. Auf Weihnachtsgebäck hatte noch keiner solche Motive gesehen. Die Kinder kannten die Symbole aus dem Religionsunterricht: Es gab rechteckige Springerle mit dem Kreuzeszeichen, quadratische mit zwei ineinander verwobenen Dreiecken, dem Davidstern. Daneben lagen runde Exemplare mit einer Mondsichel und einem kleinen fünfzackigen Stern.

»Mariele, das sind ja die Symbole der Weltreligionen!«, sagte Michael beeindruckt. Und zu den Kindern gewandt fügte er hinzu: »Guckt mal, was keiner der mächtigen Herren auf der Welt hinbekommt, unsere Mama hat es geschafft: Alle drei Sinnbilder der Weltreligionen liegen beieinander und nebeneinander – friedlich vereint auf unserem Bredlesteller*.«

»Und bald auch in meinem Magen«, jubilierte Jonas, fixierte nicht länger das Springerle, das er als erstes vernaschen wollte, sondern schnappte es und biss genüsslich hinein.

* Bredlesteller: Plätzchenteller

10 Minuten

An Josefs Seite und andere kleine Begebenheiten

WALTRAUD WOLF

Nicht nur Weihnachten beschert Familen kleine Anekdoten, die noch die nächsten Generationen amüsieren. Und vielleicht auch andere, die sie hören oder lesen.

Überraschung

Saisonende in Kreta war's, als ein Ehepaar der rauen Alb entfloh, um noch die letzten Sonnenstrahlen der griechischen Insel zu erwischen. Und noch ein Schnäppchen tat sich auf:

Preisnachlass beim Hotel-Juwelier. Das wollte sich die Frau nicht entgehen lassen. Bald hatte sie das Objekt ihrer Begehrlichkeit entdeckt: ein Collier aus Lapislazuli, von filigran handgearbeiteten Goldteilchen fein unterteilt. Auch ihr Mann befand, dass die Kette sie schmückte. Doch der Kauf wurde vertagt. Täglich stattete sie dem Juwelier einen Besuch ab, ohne Erfolg. Der letzte Abend vor der Abreise nahte und die Kette lag noch immer im Schaufenster. Morgen früh, so nahm sie sich vor, hole ich sie mir. Doch siehe da, sie war nicht mehr da. Das ganze Schaufenster war leergeräumt. »Meine Kette?« stammelte die Entsetzte. »Gestern verkauft«, war die knappe Antwort. »Nicht traurig sein, Madame«. Traurig? Wütend war sie über ihre Unentschlossenheit und den Ehemann, der sich ihrem Wunsch verweigert hatte. Dass dem nicht so war, offenbarte sich an Weihnachten: Das heiß ersehnte Collier lag unter dem Christbaum.

Nikolaus

Die Neunjährige ist ein taffes Mädchen, das vor einem Jahr sofort erkannt hatte, wer unter der Mitra und hinter dem Rauschebart des Nikolauses verborgen war: der Patenonkel der Mama. Wissende Blicke wechselte sie mit dem zwei Jahre jüngeren Bruder über den Kopf des Vierjährigen in der Familie hinweg. Die Ältesten spielten Flöte und sagten Verse auf, der Dritte im Bunde verfolgte das ganze Geschehen mit vollem Ernst und reagierte erst, als der Nikolaus den Sack öffnete und die Geschenke verteilte. Kaum hatte der Heilige das Haus wieder verlassen und die Älteste das Glöckchen entdeckt, das er vergessen hatte, sprach sie es aus: Der Gette* war's, flüsterte sie, damit es die Jüngeren nicht mitkriegen sollten. Umso erstaunter war die Mutter in diesem Jahr, als sie mit der Tochter die Bereitstellung der Geschenke am Nikolausabend besprach, denn der »echte« hatte keine Zeit. Dass der Onkel damals den Nikolaus mimte, hatte das Mädchen wohl erkannt, dennoch nicht realisiert, wer die Geschenke besorgt hatte. »Die waren doch vom Nikolaus, dem im Himmel, – oder?!«

Geistesblitz

Der Dreijährige hatte eine ganze Reihe von Wünschen an das Christkind: einen Nikolaus aus Schokolade, Lebkuchen, Marzipan, einen Fußball für draußen und Farbstifte für drinnen, ein Plüschtier zum Schmusen, ein Bilderbuch, eine CD mit einer Geschichte von Benjamin Blümchen und als größte Herzensangelegenheit einen Schlitten aus Holz. Die Eltern berieten, ob das Christkind zu solch vielen Geschenken in der Lage sei. Ernst schauten sie den Kleinen an und sagten übereinstimmend: Ja, wenn der Opa noch leben würde, dann, ja dann könnte das Christkind sicher alle Wünsche erfüllen. Aber der sei ja nun im Himmel. Da stutzte das Kind kurz, legte seine Stirn in Falten und fragte unverhohlen: »Hot der sein Geldbeutel mitgnomma?«

An Josefs Seite

Lang, lang ist's her. Als Konfirmanden waren wir aufgefordert, das Krippenspiel in der Kirche aufzuführen. Ich wusste als Gärtnerstochter um die viele Arbeit zu Hause in der Adventszeit und hielt mich zurück. Doch dann wollte und wollte keines der Mädchen an der Seite des milchbubigen Knaben agieren, der sich für die Rolle des Josef gemeldet hatte. Meine soziale Ader machte sich schon damals bemerkbar. Aus purem Mitleid sagte ich zu, als Maria an seiner Seite auf Herberg-Suche zu gehen und der Welt das Jesus-Kind in der Krippe zu präsentieren. Doch was erwartete mich bei der ersten Probe? Der von uns allen angehimmelte und etwas ältere Pfarrers-Sohn als Josef! Die anderen platzten vor Neid!

10 Minuten

Weihnachten im Spielzeugparadies

LYRA VON RABENSTEIN

Die schönsten Feste feiert man im kleinen Kreis mit großem Herzen. Das zeigt diese zauberhafte und lustige Geschichte für die Kleinen – und auch für die Großen!

Jedes Jahr zur Weihnachtszeit war die Stimmung im Spielzeugparadies zum Zerreißen gespannt. Nicht nur den verzweifelten Eltern, die auf der Suche nach dem perfekten Spielzeug für die lieben Kleinen die Gänge entlanghasteten, war der Zeitdruck anzumerken. Wer genau hinsah, konnte die Sorge auf den Gesichtern der Puppen, Teddybären und Actionfiguren erkennen, die sich fragten, in welchem Haushalt sie wohl landen würden. Und ob sie überhaupt ein neues Zuhause bekämen oder auf unbestimmte Zeit im kalten Warenhaus bleiben müssten.

Besonders dem kleinen Stoffpferd machte das Warten zu schaffen. Es lebte schon seit zweieinhalb Jahren im Warenhaus. Noch nie in seinem Stoffpferd-Leben war es von Kinderaugen sehnsüchtig betrachtet worden. Noch nie hatte es ein Erwachsener abwägend in den Händen gehalten. Nicht einmal auf die verzweifelten Versuche, sich vom Regal vor die Füße der Menschen zu stürzen, hatte jemand reagiert. Außer der Verkäuferin, die sich immer wieder seufzend gebückt hatte und das Stoffpferd wieder auf seinen Platz im Regal zurückgesetzt hatte, achtete niemand auf das Tier.

Mit dem Beginn der Adventszeit brach der Konkurrenzkampf unter den Spielzeugen an. Die Barbiepuppen brachten ihre schimmernden Haare in Form und zogen ihre schönsten Kleider an, die Teddybären putzten sich unzählige Male das ohnehin schon samtig weiche Fell, die Actionfiguren polierten ihre Rüstungen und übten Posen, in denen sie ganz besonders gefährlich aussahen. Nur das kleine Stoffpferd ließ entmutigt den Kopf hängen.

»Mich nimmt doch auch dieses Jahr niemand mit. Bestimmt lande ich irgendwann auf der Müllkippe«, seufzte es traurig.

»Vielleicht wirst du aber auch gespendet und kommst zu ganz armen Kindern, die dich noch viel lieber haben, als du dir vorstellen kannst«, wollte ihm eine Stoffkatze Mut machen.

»Du hast gut reden, du bist erst seit ein paar Tagen hier!«, entgegnete das Pferd, woraufhin sich die Katze kopfschüttelnd abwandte. Der wird noch depressiv, dachte sie.

An den Schaufenstern drückten sich unterdessen zahllose Kinder die Nasen platt und starrten voller Sehnsucht auf die Kostbarkeiten, die sich hinter der Scheibe in den buntesten Farben präsentierten. Mit ihren kurzen Fingern zeigten sie auf die Spielzeuge, die sie sich das ganze Jahr über gewünscht hatten, und bekamen ganz verträumte Augen dabei. Von Zeit zu Zeit kam es vor, dass Erwachsene ihre Kinder mit in den Laden nahmen und sich von ihnen zeigen ließen, was diese sich wünschten. Wenn so etwas passierte, war die Aufregung unter den Spielzeugen groß. Jedes wollte das schönste, lustigste, spannendste Spielzeug sein, das die Kinder je gesehen hatten. Mit großen Augen wanderten die kleinen Mädchen und Jungen durch die Gänge des Warenhauses. Immer, wenn der Blick eines Kindes auf ein Spielzeug fiel, ging ein ganz eigenes Strahlen von diesem aus. Das war die Hoffnung, die in diesem Moment in den Puppen und Stofftieren und Figuren erwachte und sie schon von einem neuen Zuhause und geliebten Kindern träumen ließ. Nur das arme Pferd bemerkte nicht, wenn es von Kindern bewundernd angeschaut wurde, weil es missmutig den Kopf hängen ließ.

Je näher Weihnachten rückte, desto weniger Kinder kamen in den Spielzeugladen. Die Wunschzettel waren geschrieben und die Erwachsenen machten sich auf den Weg in die Städte, um lange Einkäufe hinter sich zu bringen und ihren Kleinen die sorgsam notierten Wünsche zu erfüllen. Wenn die Erwachsenen im

Spielzeugland umherstreiften, gaben sich die Spielzeuge kaum mehr Mühe. Denn die Eltern schauten, anders als ihre Kinder, vor allem auf ihre Einkaufszettel und griffen nur nach den Dingen, die ihre Kinder in fein säuberlicher Schrift aufgeschrieben hatten. Kaum jemand sah dann die schimmernden Haare der Puppen, das glänzende Fell der Stofftiere oder die lauernde Stellung der Actionfiguren. Auch das Stoffpferd, das vor den Füßen der Einkaufenden aus dem Regal fiel, wurde nur von wenigen beachtet. Wenn die Menschen gerade nicht hinsahen, ging das Gerangel unter den Spielzeugen los. Die Puppen zogen sich gegenseitig an den Haaren und rupften an den Kleidern der anderen, die Stofftiere begannen, sich zu prügeln und zu beschimpfen und die Actionfiguren lieferten sich spektakuläre Kämpfe. Wenn ein Spielzeug ausgewählt und mitgenommen wurde, streckte es den Zurückbleibenden die Zunge heraus. Von einigen ließ sich sogar ein leises »Ätschibätsch!« vernehmen. Von vorweihnachtlicher Stimmung konnte man im Spielzeugparadies nicht sprechen.

Das Weihnachtsfest rückte immer näher, die Kämpfe der Spielzeuge wurden unerbittlicher und unser armes Stoffpferd von Tag zu Tag trauriger. Von den vielen Stürzen vom Regal war sein Fell schon ganz fleckig geworden. Irgendwann konnte die kleine Stoffkatze, die ebenfalls von niemandem mitgenommen worden war, das Elend nicht mehr mit ansehen. Sie beschloss, dem Pferd eine Freude zu machen, um es wenigstens ein bisschen aufzuheitern. Schließlich sollte auch das Pferd einmal ein Weihnachtsfest erleben.

So hüpfte die kleine Katze von Regal zu Regal, um den anderen Spielzeugen von ihrer Idee zu berichten. Sie wollte außerdem Ideen sammeln, da sie selbst noch nie ein richtiges Weihnachtsfest erlebt hatte. Inzwischen war der Laden über die Feiertage geschlossen. Allgemeine Traurigkeit und Hoffnungslosigkeit machten sich langsam auch unter den anderen Spielzeugen breit. Und so ließen sie sich nun nur zu gerne von der Idee der kleinen Stoffkatze aus ihren trüben Gedanken reißen. Dennoch musste jedes auf die Frage, was denn traditionell zu Weihnachten gehöre, ahnungslos mit dem Kopf schütteln. Keines von ihnen hatte jemals ein richtiges Weihnachtsfest erlebt. Die Katze wollte schon aufgeben, als sie plötzlich ein schepperndes Räuspern hinter sich vernahm. Erschrocken fauchend sprang sie herum. Nur, um im nächsten Moment einen kleinen Zinnsoldaten vor sich stehen zu sehen, der die Hand salutierend an seine Stirn erhoben hatte.

»Gestatten, Willibald, der Zinnsoldat«, stellte er sich vor. »Ich habe von deinen ehrenwerten Plänen gehört, das Weihnachtsfest ins Spielzeugparadies zu bringen.«

»Das ist richtig«, antwortete die Stoffkatze bedrückt. »Nur leider kennt sich hier niemand mit Weihnachtsbräuchen aus. Es wird also wohl kein Weihnachtsfest geben.«

»Vielleicht irrst du dich da«, sagte der Zinnsoldat, woraufhin die Katze ihre Ohren erwartungsvoll spitzte.

»Lange, sehr lange Zeit habe ich in diesem Spielzeugladen verbracht«, fuhr der kleine Soldat fort. »Als der Bedarf an Zinnfiguren zurückging, wurde ich in eine Kiste verpackt und ganz unten in die hinterste Ecke in einem Regal verbannt. Die Geschichte von dir, kleine Katze, gelangte bis dorthin. Viele Erzählungen habe ich in meiner Zeit von Weihnachten vernommen und ich habe sogar ein Weihnachtsfest miterlebt.«

»Wirklich?«, schnurrte die Stoffkatze ungläubig. »Erzähl!«

»Ich stamme aus einer ganz kleinen Zinnwerkstatt. Weil der Zinngießer nicht viel Geld hatte, war diese Werkstatt gleichzeitig das Wohnzimmer seiner Familie. Und so stand ich an meinem Platz auf dem Arbeitstisch, als die Menschen ihr Weihnachten feierten. Das ging so ...«

Und dann erzählte der Zinnsoldat den Spielzeugen aus dem Spielzeugparadies, wie sich ein ganz wunderbares Weihnachtsfest feiern ließ. Schnell lernten die Spielzeuge von ihm alte Weihnachtslieder, während sie sich um den Weihnachtsbaum im Zentrum des Kaufhauses versammelten. Die Puppen hatten in ihrer Küche kleine Kekse und Plätzchen gebacken, die sie nun stolz servierten. Während der Zinnsoldat dann die eigentliche Weihnachtsgeschichte erzählte, spielten die Actionfiguren dazu das Krippenspiel. Beim Anblick von Wonder Woman als Maria, Batman als Josef und Garfield als Jesus musste sogar das traurige Stoffpferd vor Lachen wiehern. Stolz hüpfte die Katze zu ihm hinüber.

»Na, ist so ein Weihnachtsfest nicht mindestens genauso schön wie bei den Menschen?«, fragte sie.

»Nein«, antwortete das Stoffpferd, das nun gar nicht mehr traurig war. »Es ist noch viel, viel schöner geworden. Danke!«

Lange nachdem das Weihnachtsfest gefeiert und die Kinder ihre neuen Spielzeuge begeistert in Empfang genommen hatten, beschlossen die beiden Besitzer des Spielzeugparadieses, den besonders armen Kindern der Stadt eine Freude zu machen. Mit einer großen Kiste bepackt, zogen sie durch ihren Laden und luden alle Spielzeuge, die ihnen selbst gefallen würden, in die Pappschachtel. Als sie den Gang mit dem Stoffpferd betraten, beschloss dieses, sich noch ein letztes Mal vom Regal zu stürzen und fiel geradewegs in die Schachtel hinein.

»Na, schau mal her!«, sagte da einer der Spielzeugladenbesitzer, »Da hat es einer besonders eilig. So ein schönes Stoffpferd! Da hat bestimmt ein ganz besonderes Kind seine Freude daran.«

So sollte diese Geschichte nun doch noch ein gutes Ende für unser kleines Stoffpferd nehmen.

8 Minuten

Fließendes Herz

ANGELIKA JEDELHAUSER

Eine Geschichte der leisen, feinen Töne über ein besonderes Weihnachtsgeschenk nach harten Kriegszeiten.

Tom bog um eine Straßenecke. Da war er! Auf der gegenüberliegenden Straßenseite befand sich der Laden, den er gesucht hatte. Die Konditorei hieß Springer. Er blickte nach rechts und nach links und wieder nach rechts und überquerte schließlich die Straße. Heute, an Heiligabend, waren nicht mehr viele Leute unterwegs. Die meisten hatten ihre Einkäufe schon getätigt und saßen jetzt wahrscheinlich gemütlich zu Hause mit ihren Familien zusammen. In der Konditorei jedoch konnte Tom noch

Leute sehen. Selbst vor dem Geschäft stand eine kleine Schlange. Bestimmt wollten die Wartenden ein Dessert fürs Abendessen besorgen.

Das war die Gegend, in der die Leute Geld hatten.

Nervös starrte Tom auf die Preise, die links neben der Eingangstür auf einem Schild aufgelistet waren. Es gab Zimtsterne, feine Törtchen und ... Cœur coulant au chocolat! Diese Schokoladenküchlein aß seine Mutter besonders gern. Sie hatten einen flüssigen Kern und waren mit dunkler Schokolade überzogen.

Dann sah er den Preis. Sie waren zu teuer. Sofort wurde Tom klar, dass es nun zu spät war. Er hatte all sein Geld zusammengekratzt, doch es reichte nicht. Tom war schon bei allen anderen Konditoreien der Stadt gewesen. Nirgends hatte es gereicht. Erst war er wütend darüber gewesen. Und er war immer wütender geworden. Doch dann hatte sich eine Leere in ihm breitgemacht. Sie tat weh, diese Leere. Sehr weh.

Er ging weg, vorbei an der Konditorei, er wusste nicht wohin. Nach wenigen Metern erreichte er eine Treppe, die zu einem Park führte. Langsam setzte er sich auf eine Stufe.

Es begann leicht zu schneien. Die Flocken tanzten durch die Luft. Tom holte eine seiner wenigen Münzen aus der Tasche und ließ sie die Stufen hinunterrollen. Gleichgültig blickte er hinterher. Er sah noch, wie jemand die Münze aufhob, dann schloss er die Augen.

»Ist das deine?«

Tom hob den Kopf. Vor ihm stand ein Mann, der einen dicken grünen Mantel trug und ihn aufmerksam ansah. Tom fiel auf, dass der Mann eine Krücke hielt. Wohl auch ein Opfer des Krieges.

»Ja«, murmelte Tom als Antwort auf die Frage. Der Mann streckte Tom das Geldstück entgegen. »Das ist dir wohl runtergefallen, wie?«

»Nein«, erwiderte Tom. Er machte auch keinerlei Anstalten, die Münze anzunehmen. Ohne ein weiteres Wort setzte sich der Mann neben ihn auf die Treppe. Für eine Weile schwiegen sie beide. Dann sagte der Mann: »Ich habe dich vor der Konditorei stehen sehen. Eine Weile lang hast du die Schilder betrachtet, doch dann bist du einfach weggegangen.« Tom schwieg weiter. »Lass mich raten, du hattest nicht genügend Geld«, fuhr der Mann fort. »Was wolltest du denn kaufen?«

»Ein Weihnachtsgeschenk für meine Mutter.«

»Ich kann dir Geld geben«, sagte der Mann. Tom musterte ihn erneut. Er schätzte ihn auf Ende dreißig. Ungefähr so alt wäre Toms Vater heute. Aus seinem Mantel holte der Mann eine Geldbörse und zog mehrere Münzen heraus. Es waren genug, um das Geschenk zu kaufen. Tom spürte ein Gefühl der Hoffnung in sich aufsteigen. Seine Mutter hatte ihm allerdings schon immer eingeschärft, kein Geld von anderen Leuten anzunehmen. »Wir sind zwar arm, aber nicht so arm, dass wir so etwas nötig hätten«, hatte sie gesagt und dann wieder zu husten angefangen. Und obwohl Tom nichts mehr wollte, als das Geld zu nehmen, antwortete er: »Nein, danke.«

»Sicher nicht?«

Tom nickte. Der Mann schwieg eine Weile. Dann zuckte er mit den Achseln, stand auf und ging. Tom fing an, ein kleines Kind auf der anderen Straßenseite zu beobachten. Es war wohl zwischen drei und fünf Jahren alt. Es hüpfte die ganze Zeit auf und ab und versuchte Schneeflocken zu fangen. Einmal landete es falsch und purzelte um. Es begann laut zu weinen. Tom beobachtete, wie sofort ein Mann eine umherstehende Menschengruppe verließ und zu dem Kind eilte. Wahrscheinlich der Vater. Er hob das Kind auf seine Schultern. Da lachte das Kind sofort wieder. Dabei bemerkte er gar nicht, dass der Mann von vorhin wiedergekommen war. Er setzte sich wieder neben Tom auf die Stufen und holte eine große Tüte hervor. Tom konnte sehen, dass sie die Aufschrift »Konditorei Springer – Wir backen ihr Glück« trug. Es duftete verführerisch, als der Mann die Tüte öffnete. Er nahm einen Zimtstern heraus und begann ihn genüsslich zu essen. Dann schob er die Tüte zu Tom hinüber. Tom schaute hinein. In der Tüte stapelten sich Makronen, Nußecken, Zimtsterne und noch viele andere Plätzchen. Ihm lief das Wasser im Mund zusammen. Er zögerte. Auch, dass er kein Essen von fremden Leuten annehmen sollte, predigte seine Mutter immer. Bisher hatte Tom sich immer darangehalten, aber die Plätzchen rochen so gut! Er lugte zu dem Mann hinüber. Der nickte ihm zu. Und Tom vergaß alles, was seine Mutter gesagt hatte. Als erstes nahm er sich einen besonders großen Zimtstern. Während er aß, fragte ihn der Mann: »Was wolltest du vorhin denn kaufen?«

»Ein Cœur coulant au chocolat für meine Mutter.«

»Ah ja, die hat meine Frau auch immer besonders gerne gegessen.« Der Mann lächelte.

»Mein Vater ist in den Krieg gezogen«, sagte Tom. »Er ist nicht mehr zurückgekommen, wir wissen nicht, was mit ihm passiert ist. Und nun muss meine Mutter alleine das Geld verdienen.« Er schwieg einen Moment. »Sie ist oft krank, wissen Sie«, sagte er dann leise. Für einen Moment herrschte Stille. Dann deutete Tom auf die Krücke des Mannes und fragte: »Sie waren wohl auch im Krieg?«

»Ja«, sagte der Mann. »Ja, das war ich.«

»Und was machen Sie jetzt?«

»Ich suche meine Familie. Ich suche sie, seitdem der Krieg vorbei ist.«

»Seit zwei Jahren schon?«, fragte Tom.

»Ja. Ich habe auch einen Sohn, er müsste ungefähr in deinem Alter sein.«

Beide schwiegen wieder. Tom blickte zu der großen Uhr, die sich auf der anderen Straßenseite über einem Nähladen befand. Es war schon sehr spät.

»Es tut mir leid, ich muss jetzt gehen. Meine Mutter wird sich Sorgen machen, wenn ich nicht rechtzeitig nach Hause komme.«

Der Mann nickte. »Ja, geh nur.«

Tom hatte die Tüte beinahe völlig leergegessen. Verstohlen blickte er den Mann an und hoffte, dass der nun nicht wütend auf ihn war. Er wollte ihm die Tüte zurückgeben, doch der Mann wehrte ab.

»Behalt du sie.« Er streckte ihm zum Abschied die Hand entgegen und Tom ergriff sie.

»Also dann«, sagte der Mann. »Es war schön, mit dir zu reden.«

»Ja«, sagte Tom. »Ich hoffe, Sie finden Ihre Familie.«

»Und ich hoffe, du findest deinen Vater.«

Mit einem Lächeln drehte sich Tom um ging die Treppe hinunter und den Bürgersteig entlang. Noch immer schneite es. Es waren fast keine Menschen mehr auf der Straße. Die Tüte in seiner Hand war natürlich viel leichter geworden. Tom hielt an und sah noch einmal hinein. Mit einem Mal wurde ihm ganz warm ums Herz. Auf dem Boden der Tüte lag zwischen zwei Zimtsternen ein Cœur coulant au chocolat. Ob es nur Zufall gewesen war, oder ob der Mann schon vorher gewusst hatte, was Tom hatte kaufen wollen? Es war egal. Nun konnte es doch noch ein schöner Weihnachtsabend werden. Er wollte gerade wieder loslaufen, als er hinter sich einen Ruf hörte. »Warte!«

Tom drehte sich um. Da stand der Mann mit der Krücke. Er war ziemlich außer Atem. Trotzdem kam er auf Tom zu.

Dann fragte er: »Wie war nochmal dein Name?«

14 Minuten

Zimt und Stern

ANDREA NESSELDREHER

Zwei Weißröckchen fragen sich, was es mit dem Wünschen an Weihnachten wohl auf sich hat. Eine poetische Kindergeschichte zum Nachdenken, Lachen und Freuen!

»Wann geht es endlich los?«

»Ich bin schon so aufgeregt!«

»Hoffentlich machen wir alles richtig!«

Aufgeregt plapperten die Schneeflöckchen durcheinander. Sie waren ausgewählt worden, an einem ganz besonderen Tag auf die Erde herabzuschneien. Am Weihnachtsabend durften sie vom Himmel tanzen, um den Menschen Freude zu machen.

Jede Schneeflocke träumte davon, an Weihnachten schneien zu dürfen, denn die Weihnachtsflöckchen wurden mit dem schönsten Glitzern, dem prächtigsten Funkeln und den federleichtesten weißen Röckchen angekleidet, damit sie besonders anmutig und graziös zur Erde schweben konnten. Alle Menschen freuten sich über weiße Weihnachten, sogar diejenigen, die Schnee sonst nicht mochten.

»Was bedeutet eigentlich Weihnachten«, fragte das Schneeflöckchen mit der Nummer 19.

»Die Menschen feiern den Geburtstag von Jesus Christus, Gottes Sohn«, antwortete eines der Flöckchen.

»Und sie beschenken einander«, wusste ein zweites. »Weil auch Jesus zu seiner Geburt Geschenke bekommen hat.«

»Die Kinder schreiben Wunschzettel und wenn sie brav waren, werden ihre Wünsche erfüllt«, erklärte Schneeflöckchen 498. Es war mit Flöckchen Nummer 19 eng befreundet. Eines war immer in der Nähe des anderen zu finden, so gerne mochten sie sich.

»Was würdest du auf deinen Wunschzettel schreiben?«, fragte 19.

498 musste nicht lang überlegen. »Ich hätte gerne einen Namen anstelle meiner Nummer. Das wäre mein größter Wunsch.«

»Das kann ich verstehen«, antwortete die Freundin. »Und ich wüsste gerne, was dieses Weihnachten für die Menschen bedeutet. Das ist mein größter Wunsch.«

»Lass uns beide ganz fest unsere Wünsche wünschen, vielleicht gehen sie in Erfüllung«, schlug 498 vor.

»Es geht gleich los!«, rief ein Flöckchen in ihrer Nähe. Nun wuselten die kleinen Schneeflocken aufgeregt durcheinander. Die ersten standen bereits ganz vorne auf ihrer Wolke und machten sich bereit zum Sprung. Natürlich konnten nicht alle Flöckchen gleichzeitig losschneien.

19 und 498 nahmen sich bei der Hand und stellten sich an. Wenig später waren sie zum Rand der Wolke aufgerückt und dann – endlich! – durften sie springen.

Ein sanfter Wind ergriff sie und sie schwebten davon. Zunächst segelten sie durch die vielen Wolken, auf denen andere Flöckchen auf ihren

Absprung warteten. Bald schon hatten sie jedoch das Ende der Wolkendecke erreicht und konnten bereits die Erde sehen. Langsam und noch immer Hand in Hand näherten sich 19 und 498 einem dunkelgrünen Flecken und erkannten, dass es sich um einen Tannenwald handelte.

Eine Windböe ließ sie zur Seite trudeln und sie erreichten den Wald. An der Spitze einer wohlgeformten Tanne inmitten einer kleinen Lichtung hielt 498 sich fest und zog die Freundin neben sich. Der Ast, auf dem sie sich niedergelassen hatten, federte ein wenig nach und blieb dann ruhig stehen.

»Nun sind wir also angekommen. Mitten im Winterwald«, flüsterte 498 andächtig.

»Pssst, sei leise, dort kommt jemand«, tuschelte die Freundin.

Mucksmäuschenstill beobachteten die beiden, wie zwei Menschen durch den stillen, dämmrigen Wald spazierten. Es waren ein Mann und eine Frau. Sie hielten sich an der Hand, genau wie die beiden Schneeflocken. Weiß schimmerten die Haare der Menschen und erst als sie der Tanne ganz nahegekommen waren, erkannten die Flöckchen, dass keineswegs Schnee auf ihren Köpfen lag, sondern dass das Alter das Haar der beiden hatte weiß werden lassen.

»Schau einmal an, Leopold, was für eine herrliche Tanne«, sagte die Frau.

Der Mann an ihrer Seite nickte und antwortete: »Ja, du hast recht, Lörchen, ein ganz wunderbarer Baum. Wie anmutig er hier im Wald ausschaut. Ich glaube, das ist unser Weihnachtsbaum.«

»Es ist eine gute Idee, unseren Weihnachtsbaum hier im Wald zu besuchen«, sagte Lörchen. »Es wäre doch ein Jammer gewesen, wenn wir einen solchen Baum gefällt und mit in unsere Wohnstube genommen hätten.«

Leopold lächelte. »Auf jeden Fall. Wir hätten ihn nur mit glänzenden Kugeln und allerhand buntem Zierrat schmücken können, aber keinesfalls mit solch einzigartigen Schneeflocken. Schau einmal hier.« Er deutete auf die beiden Schneeflocken, die sich atemlos an den Ast klammerten, auf dem sie gelandet waren. Beide Menschen betrachteten feierlich die glitzernden Kristalle. Die Flöckchen verharrten reglos, um sich nicht zu verraten.

»So muss ein Weihnachtsbaum geschmückt sein«, fuhr der Mann fort. »Mit Schneekristallen, die heller funkeln als das jede Glaskugel könnte. Ich weiß nicht, wann mir zuletzt ein Weihnachtsbaum solch eine Freude gemacht hat.«

Lörchen wandte den Blick als erste ab und gab Leopold einen Kuss auf die Wange. Beider Augen funkelten. Leopold strahlte Lörchen an.

»Und nun lass uns nach Hause gehen, mein Engel.«

Er legte den Arm um ihre Schultern und sie lächelte. Sie entfernten sich und noch eine ganze Weile hörten die beiden Flöckchen ihre knirschenden Schritte im Schnee.

498 wagte endlich wieder Luft zu holen. »Die beiden sahen sehr glücklich aus, findest du nicht auch?«, fragte sie.

Ihre Freundin nickte. »Ja, das stimmt. Aber sie hatten keine Geschenke dabei.«

Sie erinnerten sich daran, was die anderen Flöckchen über Wunschzettel erzählt hatten und welche Bedeutung Weihnachtsgeschenke für Menschen zu haben schienen.

»Aber sie haben sich trotzdem gefreut. Über den schönen Tannenbaum. Und sogar über uns«, bemerkte 498. »Vielleicht stand das auf ihrem Wunschzettel? Dass es an Weihnachten schneit?«

»Ich glaube, am meisten haben sie sich darüber gefreut, dass sie zusammen hier sein konnten, meinst du nicht?«, sagte die Freundin. »Das ist auch ein Geschenk.«

19 drehte eine federleichte Pirouette. »Aber glaubst du, das war schon alles? Ich wollte doch so gerne mehr über Weihnachten erfahren.«

»Dann lass und noch ein wenig weiter schneien«, schlug 498 vor.

Beide fassten sich wieder an den Händen, warteten bis eine kräftige Windböe vorbeikam, und ließen im rechten Moment los. Der Wind trug sie erneut viele Meter hinauf in die Luft. Erst in einiger Entfernung schwebten sie langsam wieder zu Boden. Diesmal befanden sie sich über einer Stadt. Direkt vor ihnen tauchte ein großes Gebäude mit einem hohen, spitzen Turm auf. Beide Flöckchen nahmen allen Mut zusammen und ließen sich fallen. Beinahe wären sie zu Boden gepurzelt, doch im allerletzten Moment konnte sich 498 am Sims eines schmalen Fensters mit bunten Scheiben festhalten. Sie zog ihre Freundin, deren Hand sie nicht losgelassen hatte, zu sich hinauf. Neugierig spähten beide durch das Fenster in einen großen Raum. Viele Menschen saßen dort in langen Reihen auf Bänken. Vorne gab es einen Tisch mit einer brennenden Kerze darauf, darüber hing ein Kreuz und davor standen zwei Mädchen in weißen Kleidern. Eines davon sang, das andere spielte auf einer Geige. Durch die Fensterscheibe drang die Musik nur gedämpft nach draußen, doch sie klang wunderschön. Der melancholische Klang der Geige verband sich mit der glockenhellen Stimme der Sängerin. Die Menschen im Gebäude lauschten der Musik andächtig. Nach einer Weile stimmte die Geigerin ein neues Lied an. Eine Orgel spielte dazu und schließlich begannen alle Menschen gemeinsam zu singen. Sie sangen so laut und inbrünstig, dass man sogar draußen jedes Wort verstehen konnte.

»Oh, wie schön sich das anhört«, sagte 19 ehrfürchtig.

»Sie singen über Jesus´ Geburt«, stellte 498 fest. »Und darüber, welch große Freude das ist. Aber nichts über Geschenke.« Nachdenklich betrachteten die Flöckchen die Menschen. Sie schienen alle fröhlich zu sein. Sie lächelten und manche hielten sich an der Hand.

»Vielleicht gibt es auch Geschenke, die man nicht sehen kann?«, grübelte 19.

»Es ist auch ein Geschenk, wenn man gemeinsam Musik hören und zusammen singen kann.« Davon war 498 überzeugt.

»Mein schönstes Geschenk wäre es ja, einen Namen zu bekommen. Den kann man auch nicht sehen«, bemerkte sie.

19 nickte nachdenklich. »Und zu wissen, was den Menschen Weihnachten bedeutet, ist vielleicht auch unsichtbar. Aber ich glaube, ein wenig habe ich nun schon über Weihnachten gelernt. Die Menschen verbringen Zeit zusammen.«

»Lass uns noch weiter fliegen«, schlug Nummer 498 vor.

Als die nächste Windböe sich näherte, sprangen beide mutig in den Wind. Der Flug dauerte nur kurz, denn über einem mit unzähligen Lichterketten geschmückten Haus erstarb der Luftzug urplötzlich und beide Flöckchen purzelten in die Tiefe. Sie trudelten kopfüber hinunter und fingen sich erst kurz vor dem Boden wieder. Mit einem tollkühnen Flugmanöver erreichten sie das Fensterbrett des Hauses und blickten nach drinnen. Dort sahen sie einen reich gedeckten Esstisch mit vielen Kerzen. Nicht weit davon entfernt stand ein mit bunt glänzenden Kugeln geschmückter Baum. Darunter lagen viele Päckchen eingeschlagen in farbenfrohes Papier.

»Schau, hier gibt es tatsächlich Geschenke!«, rief 19 fröhlich.

»Aber wo sind die Menschen?«, überlegte 498. »Müssten sie nicht besonders glücklich sein, mit den vielen Päckchen?«

In diesem Moment hörten sie von der Rückseite des Hauses lautes Gelächter. Ein Junge und ein Mädchen kamen um die Ecke gerannt. Ihnen folgten zwei Erwachsene. Die Frau trug eine gläserne Schale mit Gebäck und Becher vor sich her, der Mann eine Kanne, in der eine rote Flüssigkeit dampfte.

Das Mädchen bewarf den Jungen mit einem Schneeball, sie tollten im Schnee, wälzten sich durch die aufstiebenden Flocken und schrieen durcheinander. Schmunzelnd sahen ihnen die Eltern zu. Nach einer Weile fielen weniger Flocken und schließlich hörte es ganz auf zu schneien. Die Kinder begannen einen Schneemann zu bauen. Während sie die Kugeln rollten, rief das Mädchen begeistert: »Mama, das ist so toll, an Weihnachten im Schnee spielen zu können!«

Die Mutter nickte. »Das freut mich, Magdalena, dass es dir so großen Spaß macht. Ich glaube, Jan hat auch sein Vergnügen.«

Auf der Gartenmauer stand die gläserne Schale. Die beiden Flöckchen sahen, dass fein ausgestochene Plätzchen darin lagen, Tannenbäume, Herzen und Sterne. Sie waren alle mit einer glänzenden bunten Zuckerschicht überzogen.

19 stupste 498 an. »Die Geschenke haben wohl doch keine so große Bedeutung. Schau einmal, wie diese Familie Spaß hat, ganz ohne Geschenke.«

Die Freundin nickte. »Es ist den Menschen offenbar wichtig, etwas gemeinsam zu tun. So wie das Pärchen im Wald und die Menschen vorhin, die gemeinsam musiziert haben.«

»Schließlich sind wir ja auch gerne zusammen«, ergänzte 19.

»Das ist der erste Heiligabend seit Ewigkeiten, an dem es schneit«, sagte der Vater. Er wandte sich an die Kinder: »Jan, Magdalena, wisst ihr eigentlich, dass jede Schneeflocke anders aussieht? Keine ist gleich, obwohl es Millionen davon gibt.«

Die Kinder wandten sich zu den Eltern um. »Ehrlich?«, fragte Jan und nahm sich ein sternförmiges Plätzchen. Auch Magdalena griff nach einem gezuckerten Stern.

»Sehen sie aus wie Sterne?«, fragte sie und hielt das Plätzchen in die Luft.

Der Vater schüttelte den Kopf. »Nein, eigentlich sehen sie aus wie Kristalle. Deshalb glitzern sie auch so schön.« Er blickte in den Himmel, doch keine einzige Flocke war mehr weit und breit zu sehen. »Schade, es hat aufgehört zu schneien«, sagte er. »Wenn die Flocken vom Himmel schweben, kann man sie auf dem Ärmel auffangen und für einen Moment ansehen, bis sie schmelzen.«

»Oh, ich möchte so gerne ein paar Schneeflocken sehen«, rief Magdalena enttäuscht. Auch Jan machte ein trauriges Gesicht.

498 blickte ihre Freundin an. »Was meinst du, sollen wir ihnen den Gefallen tun?«

19 nickte. »Mein Wunsch ist schließlich schon in Erfüllung gegangen. Ich weiß jetzt, dass es an Weihnachten gar nicht um Geschenke geht, sondern um das Miteinander. Und darum, dass auch kleine Dinge Freude bereiten können, die man nicht sehen kann. Lass uns diesen Kindern eine Freude machen.«

Beide Flöckchen holten tief Luft, rückten ihre glitzernden Röckchen noch einmal zurecht, nahmen Anlauf und sprangen vom Fensterbrett aus in Richtung der Kinder. Beide hielten noch immer das Plätzchen in den behandschuhten Händen. Magdalena bemerkte die beiden einzelnen Flocken als erste.

»Da sind noch zwei, lass sie uns einfangen.«

Die Kinder streckten jeweils einen Arm in Luft. Sie hatten die Plätzchen ganz vergessen und so brachen sie in lautes Gelächter aus, als je ein Flöckchen auf der Zuckerglasur des Zimtsterns landete.

Für einen kurzen Moment bestaunten sie die kristallartige, unverwechselbare Form der Schneeflöckchen andächtig. Dann begannen die zerbrechlichen Gebilde zu schmelzen.

Im letzten Moment hörte 498 wie Magdalena sagte. »Meine Schneeflocke ist wunderschön. Ich nenne sie Stern. Weil sie doch auf einem Stern gelandet ist.«

»Dann nenne ich meine: Zimt. Schließlich ist sie auf einem Zimtstern gelandet«, ergänzte Jan.

»Zimt und Stern?« Die Mutter lächelte. »Das sind sicher die schönsten Namen, die sich zwei Schneeflöckchen vorstellen können.«

6 Minuten

Ein Tag im Advent

SUSANNE WALDNER

Eine kleine, zarte Geschichte, die durch Kinderaugen auf Krieg und die Hoffnung auf Frieden schaut.

Der kleine Paul mit den blonden Locken rutschte unruhig auf seinem geflickten Hosenboden hin und her. Dabei lauschte er dem fernen Dröhnen draußen am Himmel.

Er hielt den Kopf in die Hände gestützt und stemmte abwechselnd beide Ellbogen auf den abgeschabten Küchentisch. Linker Arm – rechter Arm. Linker Arm – rechter Arm. Unter das eine kürzere Tischbein hatte die Mutter eine kleine Papierkugel geschoben. Wenn er aber nur fest genug aufdrückte, wackelte der Tisch trotzdem.

Sofort zur Nachbarin rennen, wenn Alarm kommt!

Das hatte die Mutter ihm eingeschärft, bevor sie ihn heute Morgen verließ, um ihre Lebensmittelmarken einzulösen.

Paul dachte, sie müsste jetzt schon hundert Stunden fort sein. Er fürchtete sich meistens ein bisschen, wenn er allein war. Und sein Magen knurrte. Wie immer. Aber an diesem Morgen ganz besonders laut.

In der kleinen Breslauer Wohnküche im dritten Stock des alten Hauses herrschte klamme Kälte. Vor das Fenster hatte die Mutter eine Decke gehängt, die Zugluft abhalten sollte. Der schwarze Ofen in der Ecke, der ihnen auch zum Kochen diente, blieb meistens aus. Es gab zu wenig kostbare Kohle. Neben dem Ofen stand ein schmales Feldbett. Dort kuschelte Paul sich nachts unter der kratzigen Wolldecke an seine Mutter. Dann hatten sie beide es wenigstens ein bisschen wärmer.

An diesem Morgen hatte Paul den zwanzigsten Kohlestrich auf die abblätternde Tapete gemalt. »Als Adventskalender«, hatte er der Mutter beim ersten Strich erklärt. Erst hatte sie geschimpft, aber dann nur traurig genickt und dabei ein bisschen gelächelt.

Ob das Christkind dieses Jahr vielleicht etwas für ihn vorbeibringen würde? Am allerschönsten wäre eine riesige Wurst mit Kartoffelsalat. Und dann noch Pudding. So viel, bis er platzte.

Paul schämte sich ein bisschen für seine Gedanken. Er war ja schon sieben und wusste von der Mutter und den älteren Kindern, dass es das Christkind gar nicht gibt.

Und die letzten Jahre hatte er auch immer nur einen Schal oder mal eine Jacke für den Winter bekommen. Alles geflickt von seinem Cousin Karl. Karl war ein Jahr älter als Paul und wohnte jetzt mit Tante Ruth im Nachbarhaus, zusammen mit einer anderen Familie in einer engen dunklen Wohnung. Dort roch es immer ganz schlimm. Das schöne Haus von Tante Ruth und Karl gab es nicht mehr. Ihr Stadtviertel wurde ausgebombt. Tante Ruth weinte immer und redete nur noch selten.

Endlich hörte er das vertraute Klappern am Schloss der Wohnungstür. Die Mutter war wieder da! Paul sprang erleichtert vom Stuhl und rannte ihr entgegen. Fest schlang er die Arme um sie und drückte das Gesicht in ihren dünnen Mantel.

Die Mutter ging in die Hocke und nahm sein Gesicht in ihre blau gefrorenen Hände. »Na, na, Paulchen? Hast du geweint?«, fragte sie leise und schaute ganz besorgt.

Er biss sich fest auf die Lippen und schüttelte energisch den Kopf. Aber es wollte ihm nicht gelingen, die Tränen zurückzuhalten. Sie liefen ihm über das Gesicht und tropften auf die rauen Dielen.

Die Mutter war oft so traurig. Er wollte für sie groß und stark sein. Aber Paul hatte auch Angst. Davor, dass sie nicht mehr zurückkehrte, wenn sie die Wohnung verließ. So, wie der Vater. Den kannte Paul nur von Fotos und Erzählungen. Und er hatte auch Angst davor, immer Hunger haben zu müssen. Aber am allermeisten fürchtete er die

Stunden im Keller. Dort saßen sie dann zusammen mit all den anderen aus dem Haus: den Spielkameraden, den schreienden Babys, den weinenden Frauen. Es stank im Keller und man bekam kaum Luft. Bei jedem nahen Bombeneinschlag dröhnte und zitterte das Haus. Und manchmal mussten sie ohne Licht noch ganz lange im Dunkeln sitzen, bis die Sirene endlich Entwarnung gab.

Die Mutter wischte ihm die Tränen mit einem Zipfel seines Pullovers ab und richtete sich auf.

»Weißt du was, Paulchen?«, sagte sie. »Jetzt freuen wir uns ein bisschen auf Weihnachten. Heute habe ich Brot bekommen. Und sogar Butter!«

Paul blinzelte die letzten Tränen fort und inspizierte das löcherige Einkaufsnetz auf dem Küchentisch. Mmmhhh ... Butter! Sein Magen knurrte wieder vernehmlich. Schnell lief er zum Schrank und holte einen Teller heraus. Einer reichte für sie beide, sie hatten nicht viel Geschirr.

Die Mutter nahm den Schürhaken und gab Papier und ein paar kostbare Kohlestücke ins

Feuer. Paul durfte mit ihr am Ofen stehen und den Kerzenstumpen anzünden. Er sah den tanzenden roten und gelben Funken zu und fühlte sich etwas getröstet. Die Mutter nahm die Kerze und die beiden Butterbrote und sie setzten sich an den Tisch. Sie schob ihm den Teller hin und drückte kurz seine kleinen Hände.

Dabei sagte sie nachdenklich: »Schon fünf Jahre herrscht jetzt Krieg. Weißt du, Paulchen, wir wollen uns ganz fest wünschen, dass endlich wieder Friede einkehren möge in der Welt.«

Paul nickte automatisch und hatte dabei nur Augen für die Brote. Er konnte sich nicht vorstellen, was »Friede« bedeuten sollte. Er war ja erst sieben.

8 Minuten

Nikolausabend

HILDEGARD KUSSAUER

Jede Familiengeschichte hat ihre eigene Zeit, um erzählt zu werden. Und manche Erinnerungen wachsen ganz behutsam mit der kleinen Enkelin mit.

Oma, als du noch nicht so alt warst und ein Kind gewesen bist, ist da zu dir auch der Weihnachtsmann gekommen?« Das fragte mich meine Enkelin, als wir zusammen Weihnachtsplätzchen buken, die »Bretla«, wie das Gebäck hier in Oberschwaben und dem württembergischen Allgäu genannt wird.

»Nicht der Weihnachtsmann in seinem roten Anzug, der roten Zipfelmütze mit dem weißen Pelzrand kam zu uns«, antwortete ich, »sondern der heilige Nikolaus besuchte unsere Familie. Er war gekleidet wie ein Bischof, weil der heilige Nikolaus ja ein Bischof war, mit weißem Gewand, einem schön bestickten Umhang und der Mitra. So sagt man zu der Bischofsmütze. Außerdem hatte er einen Hirtenstab und eine goldene Kette mit einem Kreuz. Und natürlich einen langen weißen Bart. Er trug weiße Handschuhe und am Ringfinger glänzte ein großer, schöner Bischofsring. Das dicke rote Buch mit dem goldenen Rand hielt er geschützt unter seinem Mantel fest. In diesem Buch stand alles, was wir Kinder im Laufe des vergangenen Jahres Gutes getan und nicht so Gutes angestellt hatten.

Seinen Begleiter, den Knecht Ruprecht, hörte man schon von weitem. Er schwang eine große Glocke mit der Hand kräftig hin und her, damit jeder gleich hörte, dass der heilige Nikolaus unterwegs ist. Das Gesicht vom Knecht Ruprecht war rußig und schmutzig, seine Kleidung aus dem gleichen Stoff genäht wie die Kartoffelsäcke, dem ›Rupfen‹. Und so roch er auch. Er trug einen dunklen, langen zotteligen Bart und er gab nur mürrische raue Laute von sich. Aus dem großen Sack, den er mitschleppte, schaute gefährlich eine Rute hervor. Im Sack hatte er aber auch Äpfel, Walnüsse, Orangen, Mandarinen, Lebkuchen und – wenn man Glück hatte – sogar eine Tafel Schokolade.

Auf ein Zeichen vom heiligen Nikolaus – das gab er, nachdem wir Kinder ein Gedicht, ein Gebet oder ein Lied vorgetragen hatten, – holte der Knecht Ruprecht die Leckereien aus dem Rupfensack und verteilte sie an uns Kinder. Zwar stand in dem Buch manchmal auch, dass meine Geschwister und ich nicht so brav gewesen waren, aber mit der Rute hat der Knecht Ruprecht nie zugeschlagen, nur ein bisschen murrend mit ihr gedroht.«

Natürlich erzählte ich meiner Enkelin nichts von den wilden »Kloosamännern«, die in meiner Kindheit am Vorabend des Nikolaustages die Straßen im Dorf unsicher machten.

Die jungen Burschen liebten es, sich an diesem Abend angsteinflößend zu verkleiden: mit Ketten, Fellen, Schellen und Kuhglocken. Mit Kuhschwänzen, Kuhhörnern und anderem Gehörn. Mit schaurigen Masken, Netzen, Stroh und

Heubüscheln. Nicht fehlen durften dabei die Rupfensäcke, in die sie jeden und jede, die sich auf die Straße wagten, steckten. Mit Gejohle und Gebrüll schleppten sie ihre Beute dann meterweit und bearbeiteten sie dabei mit der Rute. Auch erzählte ich nichts von den Schauergeschichten, die meine Großeltern uns Kindern damals erzählten, damit wir uns an diesem Abend ja nicht aus dem Haus wagten.

Meine ältere Schwester traute sich trotzdem einmal an einem Nikolausabend vor die Tür. Und prompt wurde sie von einem der Kloosamänner unter Gejohle, Geschelle und lautem Gebrüll der anderen Kloosen in den Rupfensack gesteckt und fortgeschleppt. Ich hatte damals große Angst um meine Schwester, zumal mir meine Tante kurz zuvor erzählt hatte, dass viele der Kloosen an diesem Abend extra über die Grenze von der Schweiz rüberkommen, um sich hier austoben zu können. Wurde meine Schwester jetzt in die Schweiz verschleppt? Bis in die Schweiz kam sie nicht, nur ein paar Meter weiter. Die Aktion war mit meinen Eltern nämlich vorher abgesprochen gewesen: Der Kloosamann, der sie verschleppt hatte, war ihr Freund, den sie auch später heiratete. Doch woher hätte ich das wissen sollen? Lange noch hatte ich Angst vor den wilden Kloosen und ihrem lautem Geschelle.

Auch erzählte ich der Kleinen nichts davon, weshalb in unserer Familie das Gastspiel vom heiligen Nikolaus und seinem Knecht Ruprecht nur von kurzer Dauer war:

Wie heute noch üblich, meldete man in meiner Kindheit den Wunsch des Besuches vom Nikolaus im Pfarramt an.

Im Jahr 1958, als ich fünf Jahre alt war, übernahm ein junger Jura- und Theologiestudent aus dem Dorf die Rolle als Nikolaus. Er rügte mich sehr, weil ich so unartig gewesen sei und dem Arzt eine Ohrfeige gegeben haben soll, weil ich mich nicht impfen lassen wollte. »So ein schlimmes, unerzogenes Mädchen!«, so sagten damals der Arzt und nun auch noch der heilige Nikolaus mit einem vorwurfsvollen Blick zu meinen Eltern. Ob mein Vater da schon rotgesehen hat?

Meine Schwester, damals acht Jahre alt, sollte das große Glaubensbekenntnis aufsagen, und sie konnte es nicht. Wieder machte der heilige Nikolaus meinen Eltern Vorwürfe: Sie müssten ihre Kinder besser im Glauben unterweisen und auch besser erziehen!

Das war wohl zu viel für meinen Vater. Fast hätte er den Nikolaus mitsamt seinem Knecht Ruprecht im hohen Bogen aus dem Haus geworfen. Er ließ sich doch nicht von so einem dahergelaufenen Möchtegern-Theologen und unfertigen Jurastudenten sagen lassen, wie er seine Kinder zu erziehen hat!

Fortan stellten wir Kinder am Vorabend des Nikolaustages den Teller auf, in der Hoffnung, dass der Nikolaus in der Nacht etwas darauflegen würde. Schließlich hieß es doch in dem Nikolauslied: »Dann stell ich den Teller auf ...«. Und das machten wir. Aber damals waren wir die einzige Familie im Dorf, die am Nikolausabend einen Teller aufgestellt hat. »Man merkt halt doch, dass der Vater ein Flüchtling ist«, meinte eine Dorfbewohnerin. »Die tun an Weihnachten schon anders.«

Auch diese Geschichte erzählte ich meiner kleinen Enkelin natürlich noch nicht. Vielleicht später, wenn sie alt genug dafür war. Jetzt aber summte ich die Melodie von »Dann stell ich den Teller auf« vor mich hin und meine Enkelin stimmte mit ihrer klaren Kinderstimme ein. »Das singen wir auch im Kindergarten«, stellte sie erfreut fest.

Sie wünschte sich noch das Gedicht von dem Nikolaus, der da von draußen im Walde herkommt. Und ich war jetzt so froh, dass mein damaliger Lehrer bei seinen Schülern so großen Wert aufs Auswendiglernen und Vortragen von Gedichten gelegt hatte.

Die Kleine hörte mir mit großen Augen zu. »All überall auf den Tannenspitzen«, plapperte sie mir nach, »sah ich goldene Lichtlein blitzen …«, und verzierte dabei ihr ausgestochenes Tannenbäumchen aus Teig mit einer goldenen Zuckerkugel.

14 Minuten

Zwischen den Jahren

RENATE ILL

Eine Geschichte mit Skype und Herz: Gibt es ein schöneres Geschenk als eine Freundin, mit der man seit Jugendtagen über Meere und Kontinente hinweg verbunden ist?

Jedes Jahr zwischen Weihnachten und Neujahr, seit über fünfzig Jahren, gönnen meine Freundin Christa und ich uns ein langes Gespräch am Telefon. Darauf freuen wir uns immer, es ist schon eine Tradition geworden.

Christa lernte ich 1967 kennen. Ich war jung und hatte wenig Geld. Was ich verdiente, reichte gerade mal für das Essen und den Unterhalt meines alten Autos. Eine Mietwohnung konnte ich mir nicht leisten. Also zog ich bei einer alten Dame ein, die etwas Hilfe im Alltag brauchte, und die mir dafür kostenfrei einen Platz in ihrer Dreizimmerwohnung überließ. Ein Zimmer hatte ich für mich, Küche und Bad wurden gemeinsam benutzt.

Nach zwei Jahren wollte ich weiterziehen, in die nächstgrößte Stadt: nach Köln. Wie aber sollte ich das der gebrechlichen, liebenswürdigen Dame erklären? Es war mir peinlich, sie zu verlassen. Sie aber nahm es ganz leicht, gab eine Anzeige in der Zeitung auf und zwei Tage später klingelte es an der Tür. Christa stand da, mit einem Koffer und der Zeitung unter dem Arm. Sie war so lustig und freundlich und strahlte mich an. Und die alte Dame griff gleich zu und engagierte sie.

Christa kam frisch aus Australien! Sie hatte eine lange Seereise hinter sich. Der Suezkanal war gerade gesperrt worden und so musste sie um ganz Afrika herumschippern. Das hatte sie den letzten Pfennig gekostet und so war sie nun genau wie ich ohne Geld, aber voller Optimismus. Wir verstanden uns gleich blendend. Sie schlief vorerst auf der Couch im Wohnzimmer und bekochte unsere bald achtzigjährige Hausmutter von morgens bis abends. Die war begeistert, denn meine Kochkünste waren sehr bescheiden.

Ich zog weiter nach Köln, aber Christa und ich verloren einander nie aus den Augen. Bald darauf arbeitete sie in der australischen Botschaft in Bonn, ging dann nach Paris, und als sie dort einen Sohn bekam, wollte sie wieder weiterziehen. Diesmal nach Kanada. In der Stadt Ottawa fand sie schließlich ihre Wunschheimat und zog ihren Sohn auf. Die kanadische Staatsbürgerschaft bekam sie mit einem kleinen, feierlichen Zeremoniell, bei dem ihr eine Urkunde überreicht wurde.

Bei unseren Telefonaten (seit einigen Jahren mit Skype) erzählen wir uns, was sich im vergangenen Jahr ereignet hatte: die Freuden, die Reisen, die traurigen und die fröhlichen Ereignisse und, je älter wir werden, auch die Erinnerungen an früher. Dieses Jahr erzählte mir Christa, wie ihre Eltern mit ihr und ihren Geschwistern vor vielen Jahren von Deutschland in Australien auswanderten.

»Es war Heiligabend 1953«, begann sie. »Wir waren an diesem Tag in unserer neuen Bleibe am Ende eines kleinen Dorfes im Bundesstaat Victoria angekommen. Meine Familie war gerade erst nach Australien gekommen. Ich war sechs Jahre alt, meine beiden Schwestern fünf und vier. Wir waren Teil einer großen Einwanderungswelle, tausende Familien aus dem vom Krieg erschütterten Europa suchten ein neues Leben.

Wir hatten die Meere auf einer vierwöchigen Reise überquert. Die erste Woche war schrecklich. Meine Mutter, meine Schwestern und ich waren seekrank. Nur mein Vater war auf den Beinen geblieben und brachte uns Brötchen und Obst in der Hoffnung, dass wir etwas essen würden. Aber wir waren zu krank, um essen zu können. Ich erinnere mich gut daran, wie ich in meiner Koje lag und hörte, wie die nicht gegessenen Früchte in der Schublade hin und her rollten, während das Schiff auf und nieder schaukelte.

Nachdem wir die Biscaya hinter uns gelassen hatten, waren wir in einer anderen Welt: ein ruhiger Ozean, blauer Himmel, warmes Wetter. Als wir in Colombo, Ceylon, jetzt Sri-Lanka, anlegten, sahen wir Straßenverkäufer, Elefantenschnitzereien und farbenfroh gekleidete Menschen mit dunklen Hautfarben. Wie toll wir das fanden! Die ersten Wochen in Australien lebten wir in einem Migrantencamp im nördlichen Teil von Victoria. Dutzende Familien waren in umgebauten Nissenhütten untergebracht. Das waren tragbare Metallkonstruktionen, die während des Ersten Weltkriegs gebaut worden waren und als militärische Trainingscamps dienten. Das Camp war sehr abseits gelegen, aber für meine Schwestern und mich war es aufregend: viele Kinder zum Spielen, Essen in einer Cafeteria, und unser erster Blick auf Kängurus!

Nach einigen Wochen im Camp erhielten wir die Nachricht, dass für uns ein Haus in der Nähe der Stadt Ballarat gefunden wurde. Die katholische Kirche hatte das organisiert, auch Arbeit für meinen Vater war gefunden. Ballarat ist eine nette Stadt, sie liegt ungefähr siebzig Meilen von der Hauptstadt Melbourne entfernt. Meine Eltern waren begeistert, dass wir dorthin ziehen durften.

Ein paar Tage später bestiegen wir den Zug nach Ballarat, eine Reise von einigen Stunden. Dort trafen wir mit einem Priester zusammen, der sich um uns kümmern sollte. Nach einer halben Stunde kamen wir in einem kleinen Dörfchen an, das aus einer Schule, einem Geschäft für alles Notwendige zum Leben und ein paar Häusern bestand. Am Rande des Dorfes, vor einem ziemlich heruntergekommenen Haus, wurden wir abgesetzt. Es war ein hölzerner Flachbau auf einem großen Grundstück, umgeben von kniehohem Gras, Büschen und Bäumen. Die Farbe des Hauses war abgeblättert und das eiserne Dach war rostig. Das war also unser erstes Heim in Australien!

Nun war es später Nachmittag an Heiligabend. Durch das hohe Gras bahnten wir uns einen Weg zu unserem Haus. Der Priester zog einen Schlüssel aus der Tasche und öffnete die Tür. Wir traten in eine große, dunkle Küche ein. Es roch modrig. Offensichtlich hatte hier schon lange niemand mehr gelebt. Abseits der Küche lagen zwei Schlafzimmer, eines für meine Eltern und eines für uns Mädchen. Es gab kein Badezimmer, nur ein Toilettenhäuschen hinter dem Garten. Nun ja, nach der langen Ozeanüberquerung und den Wochen im Migrantencamp waren wir glücklich, einen Ort unser Eigen nennen zu dürfen.

Während wir unsere Sachen auspackten, fuhr der Priester zum »General Store«, um für uns die nötigsten Lebensmittel einzukaufen: Brot, Milch, Butter und Kartoffeln. Als er zurückkam, gab er unseren Eltern noch ein paar nützliche Tipps, insbesondere, wie mein Vater zur Arbeit kommen könne. Er müsse einige Meilen zur nächsten kleinen Stadt laufen, um dann den Bus nach Ballarat zu nehmen. Vielleicht, so schlug er vor, könnte mein Vater ja ein gebrauchtes Fahrrad kaufen, um zur Bushaltestelle zu kommen.

Obwohl meine Eltern enttäuscht waren, dass wir so weit entfernt von Ballarat wohnen mussten, waren sie doch dankbar für all die Hilfe, die sie bekommen hatten. So dankten wir dem Priester und sagten ihm Adieu, als er uns verließ, um zur Stadt zurückzufahren. Wir schauten ihm nach und gingen dann ins Haus, um uns einzurichten.

Hier waren wir also, allein und meilenweit weg im Nirgendwo – und es war Heiligabend! In all der Aufregung hatten wir ganz vergessen, was für ein Tag das war. Meine Schwestern und ich schwatzten aufgeregt in unserem Zimmer, während meine Mutter ein einfaches Abendessen zubereitete. Nach deutscher Tradition werden die Geschenke an Heiligabend nach dem Abendessen verteilt, ein magischer Augenblick für Kinder. Wir setzten uns alle an den Küchentisch und aßen unsere erste gemeinsame Mahlzeit in unserem neuen Heim. Es war ein heißer und schwüler Tag gewesen, ganz anders als in Deutschland, wo man ja immer auf Schnee zu Weihnachten hofft. Hier aber wurde der Himmel schwarz und es donnerte in einiger Entfernung. Seit langem war kein so heftiger Regen gefallen. Grelle Blitze erhellten den Himmel. Wie anders war das alles.

Als wir zu Ende gegessen hatten, wandte sich Vater zu uns Mädchen und meinte, er hätte eine schlechte Nachricht. Traurig sagte er, dass es dieses Mal keine Weihnachtsgeschenke gebe. Das Christkind sei nicht in der Lage gewesen uns zu finden, seit wir von Deutschland abgereist waren. Wir waren am Boden zerstört, denn wir hatten in der Vergangenheit immer so schöne Weihnachten gehabt. Selbst wenn es nicht viele Geschenke gab, war es immer festlich und wunderbar gewesen.

Wir Kinder versuchten, brav zu sein, aber Tränen traten uns aus den Augen. Was für ein trauriges Weihnachtsfest würde das werden! Unsere Eltern versuchten uns, so gut es ging, zu trösten, aber wir weinten uns an diesem Heiligen Abend in den Schlaf.

Der nächste Morgen begann als sonniger Tag. Unsere Eltern saßen schon am Küchentisch, als wir hereintrotteten. Sie umarmten uns und wünschten uns Fröhliche Weihnachten. Plötzlich bemerkten wir, dass unser Vater ein seltsames Funkeln in den Augen und ein komisches Grinsen im Gesicht hatte. Wir wunderten uns, wie er nach allem, was geschehen war, so glücklich aussehen konnte. Dann sagte er: »Kinder, etwas Wunderbares ist letzte Nacht geschehen. Das Christkind ist doch noch gekommen und hat euch ein ganz besonderes Geschenk gebracht!«

Unsere Augen leuchteten auf und unsere Münder standen offen. Was könnte er meinen? Mit einem Lächeln auf seinem Gesicht bat uns unser Vater, still stehenzubleiben, er würde jetzt die Geschenke hereinbringen.

Vor Aufregung konnten wir uns kaum beherrschen und warteten ungeduldig darauf, dass er wieder zurückkam. Als er in die Küche trat, hatte er einen großen Pappkarton bei sich. Er hielt ihn so hoch, dass wir nicht hineinschauen konnten und bat uns, die Augen zu schließen. Wir machten sie ganz fest zu, hielten den Atem an und hörten komische Geräusche. Dann meinte er, wir könnten jetzt die Augen wieder aufmachen. Und was sahen wir? Vier wunderschöne Hundewelpen im Karton! Für jede von uns ein Hundebaby und eines für unsere Eltern!

Wir schrien vor Begeisterung und konnten unseren Augen kaum glauben. Was für eine fantastische Überraschung! Was für eine tolle Sache, als jede von uns sich ihr eigenes Hundekind aussuchen durfte. Was als trauriges Weihnachten begonnen hatte, wandelte sich nun zu einem glücklichen und unvergesslichen Erlebnis.

Erst einige Zeit später, als wir schon älter waren, erklärten unsere Eltern uns, was damals geschehen war. Als wir Kinder in jener Christnacht zu Bett gegangen waren, hörten sie fremde Geräusche. Sie kamen von der Veranda vor dem Haus. Mein Vater wollte die Sache näher untersuchen und fand unter der Veranda eine Hündin mit einem Wurf von vier Welpen. Die Hündchen waren verängstigt durch den Sturm und fingen an zu jaulen. Das war es, was meine Eltern gehört hatten. Ihnen war sofort klar, dass dies ein Geschenk des Himmels für ihre Kinder war.

Wenn ich heute die Überfülle der Geschenke sehe, die Kinder in unseren Zeiten zu Weihnachten bekommen, dann denke ich zurück an dieses bescheidene und doch so spezielle Weihnachtsfest in Australien. Ich bezweifle, dass ein Kind heutzutage glücklicher sein kann als wir es damals an diesem Tag waren«, schloss Christa am Telefon. »Ja, so war das damals. Wir waren arm, aber glücklich. Und das karge Leben hat uns stark gemacht. Manchmal denke ich noch daran, wenn ich die vielen Geschenke sehe, die in den Läden angeboten werden. Auch einen Hund wünschen sich ja viele Kinder zu Weihnachten, aber dass das heutzutage keine gute Idee ist, wissen die Eltern und die Kinder auch. Man muss für ihn sorgen und ihn pflegen. Uns ist das damals nicht schwergefallen, denn außer den kleinen Hunden gab es nur die wilde Natur, in der wir uns austoben konnten. Wie viele Weihnachtsabende sind seither vergangen und wie viele Erinnerungen sind damit verbunden.«

Ich lächle noch lange, nachdem Christa und ich uns am Telefon verabschiedet haben. Es war wieder einmal wunderschön, mit ihr zu plaudern. Wir werden uns nicht aus den Augen verlieren, das versprechen wir uns jedes Jahr aufs Neue, wenn wir zwischen den Jahren telefonieren.

»Fröhlich soll mein Herze springen ...«

ULRIKA BONNET

Über Musik, die unsere Herzen leuchten lässt und Menschen in Gemeinschaft zusammenbringt.

Als meine Freundinnen damit begannen, mit den großen Jungs im Bauwagen am Dorfrand zu verschwinden, fand ich für mich ein unzeitgemäßes Biotop, in dem alle mindestens dreimal so alt waren wie ich: Der Kirchenchor im Nachbardorf traf sich einmal in der Woche im Dämmer der uralt riechenden Sakristei. Die Chormitglieder erschienen mir noch älter als diese, aber so zittrig auch manches Stimmlein sein mochte, die Leidenschaft des gemeinsamen

Singens leuchtete so hell, dass ich einmal pro Woche zur Dorfkirche radelte, um mit einzustimmen. Diese Leute interessierten mich:

Da waren die beiden alten Geschwister, Vogelkundler der eine, Meßnerin die andere; beide hatten ganz helle, junge Augen, und auf ihrem Dachboden hauste eine Schleiereule.

Da war der betagte Bauer mit dem Bass, der wie tief aus der Erde grollte und die höheren Stimmen trug wie eine verlässliche Scholle.

Und da war die zarte, weißhaarige Frau, die mir einmal ihre Sehnsucht verraten hatte: aufzuwachen und Französisch sprechen zu können.

Die Chorleiterin glühte vor Einsatz, auch das Letzte aus dem manchmal wackeligen Klangkörper herauszuholen. Unterstützt wurde sie vom rotbackigen Sohn des Pfarrers, der jünger war als die anderen und nicht nur meine Stimme, sondern auch mein schwärmerisches Herz zum Leuchten brachte.

Wir übten alte Kirchenlieder, die neu für mich waren, und in deren archaischer Architektur ich aufging. Mittwochabends radelte ich ins Mittelalter und danach, sonderbar beglückt, durch die

Nacht nach Hause. Unser Repertoire baute sich das ganze Jahr hindurch auf, um im Ostergottesdienst und beim Altensingen im Advent das Ohr der Welt und die Leute im Dorf zu erreichen.

Als es dann auf Weihnachten zuging, sollte ich zum ersten Mal beim Adventssingen dabei sein. Die Taktung der Proben davor war enger geworden und wir hatten uns ein umfangreiches Repertoire an Advents- und Weihnachtsliedern erarbeitet: »Wachet auf, ruft uns die Stimme des Wächters sehr hoch von der Zinne ...« – und die anderen Sängerinnen und Sänger schienen sich dabei geheimnisvoll zu verwandeln. Zunehmend erfüllte sie eine heitere Erwartung, die Augen glänzen und runzelige Wangen glühen ließ. Etwas schien sich in ihnen auszudehnen wie in den Weihnachtsliedern, welche die frohe Botschaft des Kommenden kündeten. Plötzlich kamen alle ganz regelmäßig und keiner versäumte auch nur eine Probe.

Und eines Abends war es dann so weit: Wir zogen los, eine ganze Schar dunkler Gestalten, die unter blinkenden Sternen durch den knirschenden Schnee stapften und die Häuser ansteuerten, die von der Chorleiterin nach einer geheimnisvollen Agenda bestimmt wurden. Häuser, in denen alte Leute lebten. Wir klopften an und uns wurde aufgetan: denn alle, alle, alle erwarteten uns bereits.

Das dunkle Dorf wurde zum großen Adventskalender: Hinter jeder Haustür, hinter jedem erleuchteten Fenster eröffnete sich ein neues Universum. Hier funzelte eine trübe Stubenlampe über einer Wachstuchtischdecke, während Nussbaumschränke wie träumende Elefanten im Hintergrund dunkelten. Dort auf dem Fensterbrett blühten Weihnachtssterne und Kakteen. In manchem dunklen Hausflur flüchteten Katzen wie ein Hauch um unsere Beine. In einigen Häusern roch es nach Stall, von den Kühen oder der Erinnerung an sie. Von mancher Decke hingen honigfarbene Fliegenfänger, Künder von summenden Sommern. Oft wurden wir ins Wohnzimmer gebeten, wo Alte in zu groß gewordenen Sesseln mit leuchtenden Augen unseren Liedern lauschten. Manchmal landeten wir auch in der Küche und quetschten uns alle um den Herd: durch die Ofenklappe blinzelte das

Feuer und wurde uns ein Zuhause für die Länge von fünf Weihnachtsliedern. Manche Stuben flackerten blau vom Licht des stummen Fernsehers. Manchmal wohnte dort auch eine große Einsamkeit. Da konnte ein Lachen direkt ins Weinen kippen und stille Tränen in tiefen Wangenfurchen versickern. Wir ließen dann Hoffnungsschiffe anlanden, führten das himmlische Jerusalem ins Feld und gingen mit Maria durch den Dornwald. Und wenn wir weiterzogen, hatten sich die Traurigen meist wieder gefangen.

Die Gesichter der Zuhörenden standen manchmal offen wie alte Bücher. Wir hörten Füße schlurfen, Husten und das Räuspern knarzender Stimmen, Sacktücher wurden scheu in gichtgekrümmten Händen geknüllt. Es gab Damenbärte, wilde Brauen und dünn gewordene Zöpfe, akkurat zum Dutt aufgesteckt. Und immer und überall empfing uns eine große Freude, Freude über uns und unser Singen:

Da war die alte Magd, die in ihrer Jugend den Geruchssinn verloren hatte, als sie hinterm Kunstdüngerstreuer über den Acker ging. Ihr Gesicht war ein andauerndes Zucken, ihre Sprache nur Eingeweihten verständlich, aber dazu zählten im Dorf ja alle. Im Laufe ihres langen Lebens hatte sie so viele Kühe gemistet und gemolken und gebürstet, dass ihre Hände darüber zu knotigen Wurzeln geworden waren.

Wir trafen die ehemalige Krautschneiderin, ein altes Mädchen, noch immer flink und behände.

Der schönste alte Mann für mich war der Schuhmacher, dessen feines Gesicht still in der sauberen Wohnstube leuchtete, ähnlich den Schafen im Mondlicht, die Jesus überm Sofa hütete.

Am Ende des großen klingenden Adventskalenders kam dann eine Tür, hinter der uns die Älteste überhaupt erwartete: Von allen nur Dote genannt, waren ihr über hundert Menschenjahre den Buckel hinuntergerutscht. Dabei war sie zu einem kleinen, grauen Zwerglein geschrumpft. Dünn wie ein Fliegenbein, in dunklen Strumpfhosen und nebelgrauer Kittelschürze empfing sie uns, auf dem Bügelbrett türmten sich die Latzhosen eines Riesen. Als wir ihre unverminderte Schaffenskraft lobten, verwies sie schüchtern aufs Hermännle, ihren Großneffen, der sie doch noch brauchte – kein kleiner Junge allerdings, sondern ein gestandenes Mannsbild in mittleren Jahren, der sich schüchtern im Hintergrund hielt, während wir »Tochter Zion« schmetterten, dass der Wäscheberg wackelte.

Plätzchen gab es überall für uns, selbstgebacken oder aus dem Discounter, mit bunten Zuckerstreuseln, auf Servietten oder Papptellern, mit oder ohne Adventskranz, und in manchen Häusern mussten wir uns gegen Trinkgeld wehren und dann doch einen Schnaps trinken. Aber wirklich überall wurden wir erwartet. Gleich einer Königsschar mit Gold, Weihrauch und Myrrhe in den Kehlen zogen wir ein in die Küchen und Stuben und Herzen und Sinne und packten unsere Schätze aus. Unsere Stimmen wurden immer besser und unsere Herzen ganz leicht vom Schimmern der Lieder und der Freude der Alten.

Und irgendwann, als wir alle Türen geöffnet und alle Menschen getroffen und alle Lieder gesungen hatten, zogen wir durch die Nacht wieder nach Hause. Der Schnee knirschte unter unseren Füßen, es war dunkel um uns, aber wir alle waren angefüllt mit der großen Freude hinter all den Türchen dieses klingenden Adventskalenders. Es war die schönste Weihnachtsfreude, die mit jedem Teilen mehr geworden war.

Wir waren Laternen, voll von Licht.

5 Minuten

Wunder

HELGA FRICKER

Eine leise, poetische Geschichte,
die uns daran erinnert,
dass die Welt ein wundervoller Ort sein kann.

Betty, die sechs Jahre alt ist, befürchtet schon, das Warten nicht mehr auszuhalten. Endlich, endlich ertönt doch noch das Glöckchen, das ihr und den Geschwistern erlaubt, ins Weihnachtszimmer zu gehen. Betty ist sich sicher, dass es das Christkind gibt, gesehen hat sie es noch nicht. Das ist verständlich, denn das Christkind beschenkt die Kinder auf der ganzen Welt; es hat keine Zeit, persönlich zu Bettys Familie zu kommen.

Aber an diesem Heiligen Abend ist alles anders. Im Weihnachtszimmer steht neben dem

Weihnachtsbaum reglos eine weiße Gestalt mit Engelsflügeln – das Christkind. Betty erstarrt. Sie kann es beinahe nicht fassen, dass das Christkind ausgerechnet zu ihr gekommen ist!

Die Geschwister singen auf Anweisung des Vaters ein Weihnachtslied und Bettys Schwester trägt ein Gedicht vor. Dann – sie wissen nicht, wie – ist das Christkind schon wieder verschwunden. Der Vater geht mit den Kindern hinaus in die dunkle Winternacht, damit sie ihren Dank zum Himmel rufen können. Sie schaudern vor Kälte und Ergriffenheit.

Später fragt Bettys älterer Bruder seine Geschwister, ob sie gesehen haben, dass das Christkind dieselben Pantoffeln anhatte wie das Kindermädchen, das an diesem Abend frei hat. Was für eine wunderliche Beobachtung! Nein, niemand außer dem großen Bruder hat es gesehen.

Die Mutter sagt, der Bruder solle kein dummes Zeug reden. Betty fragt nichts, sie denkt lieber ans Christkind in seinem langen, weißen Kleid. Ein wunderbares Weihnachtsfest!

Zwanzig Jahre später

Betty studiert jetzt. Ihr Professor sagt, man dürfe den Wirklichkeitsbegriff nicht zu eng sehen. Auch Gedachtes und Gewünschtes und Gefühltes müsse zur Wirklichkeit gerechnet werden. Es handle sich dann um eine andere Realität. Die habe ebenso viel Bedeutung wie die äußere, die für alle sichtbar ist.

Betty hat einen Brieffreund. Er ist Belgier, genauer gesagt, Flame; er wohnt in Brüssel. Er spricht natürlich Französisch, was Betty nicht gut kann. Und flämisch, was dem Deutschen etwas ähnlicher ist. Sie haben sich auf einer Reise kennengelernt und sich sofort verliebt. Jetzt schreiben sie sich Briefe, in denen er sie „meine Prinzessin“ nennt, sie ihn „mein Prinz“. Sich zu schreiben ist noch besser als sich nahe zu sein. Sie erzählen einander von Träumen und von Dingen, die andere gar nicht sehen: vom Fluss, der durch den Park fließt. Auf ihm lässt Betty sich bis nach Brüssel und bis ans Meer treiben. Prinz und Prinzessin leben in einer Welt, in der alles möglich ist.

Betty hat einen Plan

Auf dem Weg nach London – sie muss aus einem anderen Grund in diese Stadt – will sie in Brüssel aus dem Zug steigen. Kann sie den geliebten Freund treffen? Seine Adresse kennt sie vom Briefeschreiben.

Ohne jemandem davon etwas zu sagen, verlässt Betty den Zug. In der großen fremden Stadt übernachtet sie in der Nähe des Bahnhofs. Am nächsten Morgen kauft sie sich einen Stadtplan und geht lange durch unbekannte Straßen. Der Schlag einer Glocke erschreckt sie und manches andere auch. Sie wandert aber weiter, kann es fast nicht mehr erwarten, an ihr Ziel zu kommen.

Dann endlich erreicht sie den großen Park, der in der Nähe des Hauses liegt, in dem der geliebte Freund, der Märchenprinz, wohnt. Erschöpft setzt sie sich auf eine Bank am Eingang des Parks. Hier wartet sie, bis ihr Märchenprinz kommt.

Er kommt, ohne dass ihm Betty den Tag genannt hat, an dem sie durch Brüssel fahren wird. Jetzt weiß sie, was wirklich zählt im Leben: das Wunder.

Gedichte für eine stimmungsvolle Zeit

Der Traum

Ich lag und schlief; da träumte mir
ein wunderschöner Traum:
Es stand auf unserm Tisch vor mir
ein hoher Weihnachtsbaum.

Und bunte Lichter ohne Zahl,
die brannten ringsumher;
die Zweige waren allzumal
von goldnen Äpfeln schwer.

Und Zuckerpuppen hingen dran;
das war mal eine Pracht!
Da gab's, was ich nur wünschen kann
und was mir Freude macht.

Und als ich nach dem Baume sah
und ganz verwundert stand,
nach einem Apfel griff ich da,
und alles, alles schwand.

Da wacht' ich auf aus meinem Traum,
und dunkel war's um mich.
Du lieber, schöner Weihnachtsbaum,
sag an, wo find' ich dich?

Da war es just, als rief er mir:
»Du darfst nur artig sein;
dann steh' ich wiederum vor dir;
jetzt aber schlaf nur ein!

Und wenn du folgst und artig bist,
dann ist erfüllt dein Traum,
dann bringet dir der heil'ge Christ
den schönsten Weihnachtsbaum.«

HEINRICH HOFFMANN
VON FALLERSLEBEN (1798–1874)

Der Wunschzettel

»Das Weihnachtsfest naht schon heran« –
der Hansel sagt's beim Essen –,
»die Wünsche meld' ich euch jetzt an,
ihr dürft sie nicht vergessen!

Um Ski und Schlittschuh' möchte ich
auch ganz besonders bitten;
auch fehlt, ihr wisst es sicherlich,
mir noch ein neuer Schlitten.

Drei dicke Bücher wünsch ich mir,
Briefmarken auch daneben,
dazu ein Album und Papier,
um sie schön einzukleben.

Ein Domino, ein Schachbrettspiel,
ein Kasperletheater –
und einen neuen Peitschenstiel
vergiss nicht, lieber Vater!

Und viele Tiere auch von Holz
und andere aus Pappe,
Indianerfederkopfschmuck stolz
und eine neue Mappe.

Ein Brennglas, eine Kamera,
ein Blitzlicht für die Nacht: –
ich knipse dann von fern und nah,
wie sich's gerade macht.

Und einen großen Tannenbaum,
daran hundert Lichter glänzen,
mit Marzipan und Zuckerschaum
und Schokoladenkränzen.

Doch schein euch dies ein wenig viel,
so könnt ihr daraus wählen.
Es könnte wohl der Peitschenstiel
und auch die Mappe fehlen!«

Als Hansel so gesprochen hat,
sieht man die Eltern lachen.
»Was willst du, kleiner Nimmersatt,
mit all den vielen Sachen?«

»Wer so viel wünscht«, der Vater spricht,
»bekommt auch nicht ein Achtel.
Er kriegt ein ganz klein wenig Nix
in einer Pfennigschachtel.«

HEINRICH SEIDEL (1842–1902)

Advent

Noch ist Herbst nicht ganz entflohen,
aber als Knecht Ruprecht schon
kommt der Winter hergeschritten,
und alsbald aus Schnees Mitten
klingt des Schlittenglöckleins Ton.

Und was jüngst noch, fern und nah,
bunt auf uns herniedersah,
weiß sind Türme, Dächer, Zweige,
und das Jahr geht auf die Neige,
und das schönste Fest ist da.

Tag, du, der Geburt des Herrn,
heute bist du uns noch fern,
aber Tannen, Engel, Fahnen
lassen uns den Tag schon ahnen,
und wir sehen schon den Stern.

THEODOR FONTANE (1819–1898)

Lied an der Krippe

Was ist das für ein liebes Kind,
das man dort in der Krippe find't?
Oh, solch ein süßes Kindelein,
das muss gewiss vom Himmel sein!
Gloria in excelsis Deo!

Die Frau, die bei der Krippe kniet
und still hinauf zum Himmel sieht,
das ist Maria fromm und rein,
ihr wird's recht froh im Herzen sein.
Gloria in excelsis Deo!

Der Mann, der bei der Krippe steht
und still hinauf zum Himmel fleht,
das muss der gute Josef sein,
der wird sich auch des Kindleins freun.
Gloria in excelsis Deo!

ÜBERLIEFERT, UM 1910 AUS STUTTGART

Weg vom Schlüsselloch!

Fritzchen, bleib vom Schlüsselloch!
Das Christkindlein, das sieht das doch.
Fliegt davon, wenn man es stört.
Fritzchen, hast du nicht gehört?

Aber Fritzchen tat es doch.
Schaute durch das Schlüsselloch.
Christkindlein, beleidigt sehr,
flog davon und kam nicht mehr.

VOLKSGUT

Lied zum heiligen Nikolaus

Ein Herz, das stets an andre denkt,
hat Gottes Güte dir geschenkt.
Durch deine Hand, St. Nikolaus,
teilt Gott uns seine Gaben aus.

Die Kinder, oft von Leid bedrückt,
hast du gesegnet und beglückt.
Der Jugend weist dein gütiger Blick
den Weg zum wahren Lebensglück.

Dem Volk in schwerer Hungersnot
hast du erwirkt das täglich Brot.
Wo Menschen Unrecht je geschah,
warst du als Freund und Retter da.

Auf Fahren über Meer und Land
beschützt uns sicher deine Hand.
Geleite uns, St. Nikolaus,
zu Gott ins ew'ge Vaterhaus.

VOLKSGUT

Alte Bauernregeln zu Weihnachten

Klappern die Bäume von Eis
in den Weihnachtstagen,
so werden sie im nächsten Jahr viel Früchte tragen.

Ist es grün zur Weihnachtsfeier,
fällt der Schnee auf Ostereier.

Wenn Christkindlein Regen weint,
vier Wochen keine Sonne scheint.

Wie sich's Wetter vom Christtag
bis Dreikönig verhält,
so ist es das ganze Jahr bestellt.

Altes Nikolausgedicht

Sankt Nikolaus ein Bischof war,
er liebt' der Kinder frohe Schar,
beschenkte gern die kleinen Leut'
und hatte immer für sie Zeit.

Sankt Nikolo, Sankt Nikolo,
wohin er kam, dort war man froh.
Er hat es wie sein Herr gemacht,
der einst die Lieb' zur Welt gebracht.

ÜBERLIEFERT

Gott wartet auf dich

Advent ist kommen, heilige Zeit,
da machen die Menschen sich bereit.
Von ferne leuchtet ein helles Licht,
das alle Dunkelheit durchbricht.
Das dunkle Nacht und Menschenleid
verwandelt in Licht und Seligkeit.

So lasst uns denn Weihnacht entgegenschreiten
und auf dem Weg dorthin die Herzen bereiten.
Nur der kann das Weihnachtslicht empfangen,
der zuvor ist durch den Advent gegangen.

Verschließ nicht deines Herzens Tor,
leihe der Botschaft ein williges Ohr.
Horch, was die mahnende Stimme spricht:
»Menschenherz, Gott wartet auf dich!«

Gott wurde Mensch,
damit der Mensch
Heimat finde
in Gott.

HILDEGARD VON BINGEN
(1098–1179)

O du gnadenreiche Zeit

Markt und Straßen stehn verlassen
Still erleuchtet jedes Haus,
Sinnend geh ich durch die Gassen,
Alles sieht so festlich aus.

An den Fenstern haben Frauen
Buntes Spielzeug fromm geschmückt,
Tausend Kindlein stehn und schauen,
Sind so wunderstill beglückt.

Und ich wandre aus den Mauern
Bis hinaus ins freie Feld,
Hehres Glänzen, heil'ges Schauern,
Wie so weit und still die Welt!

Sterne hoch die Kreise schlingen;
Aus des Schnees Einsamkeit
Steigt's wie wunderbares Singen –
O du gnadenreiche Zeit!

JOSEPH VON EICHENDORFF
(1788–1857)

Adventssegen

Das Licht deiner Seele leite dich,
damit du lebendig bist
in allem, was du tust.
Gott gebe dir ein reines Herz
und Augen, die segnen, was sie sehen.
Mögest du ein Segen sein für deinen Nächsten
und dein Nächster ein Segen für dich.

NACH EINEM KELTISCHEN SEGENSWORT

Ein Tännlein aus dem Walde

Ein Tännlein aus dem Walde,
und sei es noch so klein,
mit seinen grünen Zweigen
soll unsere Freude sein!

Wir wollen schön es schmücken
mit Stern und Flittergold,
mit Äpfeln und mit Nüssen
und Lichtlein wunderhold.

Es stand im Schnee und Eise
In klarer Winterluft;
nun bringt's in unsre Stuben
den frischen Waldesduft.

Und sinkt die Weihnacht nieder,
dann gibt es lichten Schein,
der leuchtet Alt' und Jungen
ins Herz hinein.

ALBERT SERGEL (1876–1946)

Zu Betlehem, da ruht ein Kind

Zu Betlehem, da ruht ein Kind,
Im Kripplein eng und klein,
Das Kindlein ist ein Gotteskind,
Nennt Erd' und Himmel sein.

Zu Betlehem, da liegt im Stall,
Bei Ochs und Eselein,
Der Herr, der schuf das Weltenall,
Als Jesuskindchen klein.

Von seinem gold'nen Thron herab
Bringt's Gnad und Herrlichkeit,
Bringt jedem eine gute Gab',
Die ihm das Herz erfreut.

Der bunte Baum vom Licht erhellt,
Der freuet uns gar sehr,
Auch, wie so arm die weite Welt,
Wenn's Jesuskind nicht wär'!

Das schenkt uns Licht und Lieb' und Lust
In froher, heil'ger Nacht.
Das hat, als es nicht mehr gewusst,
Sich selbst uns dargebracht.

O wenn wir einst im Himmel sind,
Den lieben Englein nah,
Dann singen wir dem Jesuskind
Das wahre Gloria.

ANNETTE VON DROSTE-HÜLSHOFF
(1797–1848)

Weihnachtsabend 1852

Die fremde Stadt durchschritt ich sorgenvoll,
der Kinder denkend, die ich ließ zuhaus.
Weihnachten war's; durch alle Gassen scholl
der Kinder Jubel und des Markts Gebraus.

Und wie der Menschenstrom mich fortgespült,
drang mir ein heiser Stimmlein in das Ohr:
»Kauft, lieber Herr!«, ein magres Händchen
hielt feilbietend mir ein ärmlich Spielzeug vor.

Ich schrank empor und beim Laternenschein
sah ich ein bleiches Kinderangesicht;
wes Alter und Geschlecht es mochte sein,
erkannt ich im Vorübertreiben nicht.

Nur von dem Treppenstein, darauf es saß,
noch immer hört ich, mühsam, wie es schien,
»Kauft, lieber Herr!«, den Ruf ohn' Unterlass;
doch hat wohl keiner ihm Gehör verliehn.

Und ich? – War's Ungeschick, war es die Scham,
am Weg zu handeln mit dem Bettelkind?
Eh meine Hand zu meiner Börse kam,
verscholl das Stimmlein hinter mir im Wind.

Doch als ich endlich war mit mir allein,
erfasste mich die Angst im Herzen so,
als säß mein eigen Kind auf jenem Stein
und schrie nach Brot, indessen ich entfloh.

THEODOR STORM (1817–1888)

Es führt drei König Gottes Hand

Es führt drei König Gottes Hand
mit einem Stern aus Morgenland
zum Christkind durch Jerusalem
zur Davids Stadt noch Betlehem.
Gott, führ auch uns zu diesem Kind
und mach aus uns sein Hofgesind!

Aus Morgenland in aller Eil
sie reisten weit, viel hundert Meil.
Sie zogen hin zu Land und See,
bergauf, bergab, durch Reif und Schnee.
Zu dir, o Gott, die Pilgerfahrt
uns dünke nie zu schwer und hart.

Sie kehrten bei Herodes ein,
am Himmel schwand des Sternes Schein;
doch wie zum Kind sie eilig gehen,
den Stern sie auch von neuem sehn.
Gott, lass das Licht der Gnad uns schaun,
auf deine Führung fest vertraun!

Und überm Haus wo's Kindlein war
stand still der Stern, so wunderbar;
da knien sie und weih'n dem Kind
Gold, Weihrauch, Myrrh' zum Angebind.
Gott, nimm von uns als Opfergut
Herz, Leib und Seele, Ehr und Blut!

Durch Weihrauch stellten fromm sie dar,
dass dieses Kind Gott selber war;
die Myrrh' auf seine Menschheit wies,
das Gold die Königswürde pries.
O Gott, halt uns bei dieser Lehr;
dem Irrtum und dem Abfall wehr!

FRIEDRICH SPEE (1591–1635)

Das Weihnachts-evangelium

Das Weihnachts-evangelium

LUKAS 2,1–20

Es geschah aber in jenen Tagen, dass Kaiser Augustus den Befehl erließ, den ganzen Erdkreis in Steuerlisten einzutragen. Diese Aufzeichnung war die erste; damals war Quirinius Statthalter von Syrien. Da ging jeder in seine Stadt, um sich eintragen zu lassen. So zog auch Josef von der Stadt Nazaret in Galiläa hinauf nach Judäa in die Stadt Davids, die Betlehem heißt; denn er war aus dem Haus und Geschlecht Davids. Er wollte sich eintragen lassen mit Maria, seiner Verlobten, die ein Kind erwartete.

Es geschah, als sie dort waren, da erfüllten sich die Tage, dass sie gebären sollte, und sie gebar ihren Sohn, den Erstgeborenen. Sie wickelte ihn in Windeln und legte ihn in eine Krippe, weil in der Herberge kein Platz für sie war.

In dieser Gegend lagerten Hirten auf freiem Feld und hielten Nachtwache bei ihrer Herde. Da trat ein Engel des Herrn zu ihnen und die Herrlichkeit des Herrn umstrahlte sie und sie fürchteten sich sehr. Der Engel sagte zu ihnen: Fürchtet euch nicht, denn siehe, ich verkünde euch eine große Freude, die dem ganzen Volk zuteilwerden soll: Heute ist euch in der Stadt Davids der Retter geboren; er ist der Christus, der Herr. Und das soll euch als Zeichen dienen: Ihr werdet ein Kind finden, das, in Windeln gewickelt, in einer Krippe liegt. Und plötzlich war bei dem Engel ein großes himmlisches Heer, das Gott lobte und sprach: Ehre sei Gott in der Höhe und Friede auf Erden den Menschen seines Wohlgefallens.

Und es geschah, als die Engel von ihnen in den Himmel zurückgekehrt waren, sagten die Hirten zueinander: Lasst uns nach Betlehem gehen, um das Ereignis zu sehen, das uns der Herr kundgetan hat! So eilten sie hin und fanden Maria und Josef und das Kind, das in der Krippe lag. Als sie es sahen, erzählten sie von dem Wort, das ihnen über dieses Kind gesagt worden war. Und alle, die es hörten, staunten über das, was ihnen von den Hirten erzählt wurde. Maria aber bewahrte alle diese Worte und erwog sie in ihrem Herzen. Die Hirten kehrten zurück, rühmten Gott und priesen ihn für alles, was sie gehört und gesehen hatten, so wie es ihnen gesagt worden war.

Die Autorinnen

Die Autorinnen

ULRIKA BONNET

Ulrika Bonnet, 1978 im Schwarzwald geboren und aufgewachsen, ist seit langem guten Geschichten auf der Spur. Als Ethnologin und Kulturvermittlerin verbindet sie Wissenschaft und Poesie, sichtbare und unsichtbare Welten – in Publikationen und als ethnopoetisches Erzähltheater auf der Bühne. Ihr Basislager ist in Stuttgart.

HELGA FRICKER

Helga Fricker wurde am 11.11.1943 in Niederbayern geboren. Nach dem Abitur bei den Zisterzienserinnen in Seligenthal studierte sie Germanistik und Anglistik in München und Tübingen. Nach dem Referendariat unterrichtete sie Deutsch und Englisch an verschiedenen Gymnasien. Jetzt ist sie im Ruhestand. Sie ist verheiratet und hat zwei erwachsene Töchter.

Marlies Grötzinger

Marlies Grötzinger, 1959 in Laupheim geboren, lebt und arbeitet in Oberschwaben und am Bodensee. Bisher hat sie mehrere Bücher veröffentlicht, darunter drei Bodensee-Romane, zuletzt »Seerausch«, erschienen 2021 im Gmeiner-Verlag. Für »herausragende Verdienste um die Heimat« wurde sie mit der Heimatmedaille des Landes ausgezeichnet.

Renate Ill

Renate Ill, Jahrgang 1945, ist im Bergischen Land aufgewachsen. Als Chefsekretärin, Werbeassistentin, Schreinerin, Krankenschwester, Freiberuflerin, Hauswirtschafterin und Kinderbetreuerin hat sie viel gesehen auf Reisen von Amerika bis Neuseeland, von Island bis Südafrika. Jetzt genießt sie die Freiheit im Garten, beim Malen und Schreiben.

Angelika Jedelhauser

Angelika Jedelhauser, geboren und aufgewachsen in Oberschwaben, studierte Figurentheater an der Hochschule für Musik und Darstellende Kunst, Stuttgart. Nach Lehr- und Wanderjahren gründete sie 2002 in Berlin das Figurentheater Unterwegs und ist seitdem in Deutschland und darüber hinaus auf Reisen. Seit 2011 lebt sie in Bad Waldsee.

Hildegard Kussauer-Fink

Jahrgang 1953, lebt in Bad Wurzach-Hauerz. Sie hat unter anderem als Restauratorin und Lehrerin gearbeitet und engagiert sich für das Leprosenhaus-Museum. Seit vielen Jahren schreibt sie und bettet ihre Beobachtungen, Erlebnisse, Begebenheiten und Erfahrungen in kleine Erzählungen und Geschichten. Auf Wunsch ihrer Kinder und Enkelkinder schreibt sie vermehrt Geschichten über ihre Familie auf. Damit wertvolles Wissen nicht verlohrengeht.

Andrea Nesseldreher

Andrea Nesseldreher, geboren 1973, war schon immer eine Leseratte. Sie studierte Rechts- und Verwaltungswissenschaften und arbeitete als Forschungsreferentin und Studienkoordinatorin an den Universitäten Gießen und Speyer. Während der Familienpause veröffentlichte sie 8 Kinderbücher und arbeitet an ihrem ersten Unterhaltungsroman für Erwachsene.

Lyra Von Rabenstein

Lyra von Rabenstein, Jahrgang 1992, absolvierte nach einer kaufmännischen Ausbildung erst ein Ingenieursstudium, bevor sie ihrer großen Leidenschaft, dem Schreiben, mehr Platz in ihrem Leben einräumte. Wenn sie einmal nicht schreibt, läuft sie der Realität davon und denkt sich ihre nächsten Geschichten aus.

Susanne Waldner

Susanne Waldner, Jahrgang 1959 wuchs in Friedrichshafen auf. Als gelernte Fremdsprachenkorrespondentin war sie permanent »sprachlich aktiv«. Sie hat bereits ihre Hobbys Kochen und Backen in einem Kochbuch umgesetzt und schreibt gerne Kurzgeschichten über alle Themen, die etwas mit ihrem Leben zu tun haben.

Waltraud Wolf

Waltraud Wolf widmet sich seit ihrem Zeitungsvolontariat vor mehr als fünfzig Jahren dem Lokaljournalismus. Dabei sind Kommunalpolitik und Kultur bis heute ihre bevorzugten Themen. In ihren Glossen gabelt sie außerdem Geschehnisse des Alltags auf, bringt sie zu Papier und trägt sie neuerdings vor Publikum vor. Sie lebt in Altheim bei Riedlingen.